睦月影郎

淫魔女メモリー

実業之日本社

実業之日本社文庫

JN077957

淫魔女メモリー　目次

淫魔女メモリー

第一話　黄泉醜女《ヨモツシコメ》の淫惑

1

（この家も、そろそろ取り壊すかな……）

高志《たかし》は庭に出て、古い自宅を見ながら思った。祖父母の代で建ててから、もう百年が経過しているが、残すべき文化財などではなく単なるボロ家である。

還暦になる高志は一人暮らしで、とうとう結婚もせず子も生《な》さず、そのうえ亡き祖父母や両親の思い出である家を壊すことに一抹の寂しさは感じているのだが、広いばかりで雨漏りのする平屋はそろそろ限界であった。

小野《おの》高志の仕事は、歴史小説家である。

出版社勤務を経て四十歳でデビューという遅咲きだったが、この二十年食いっぱぐれはなく、古代から昭和までオールマイティで仕事の依頼を受けていた。今回も、長編を仕上げて一段落したので、こうして家のことを考えていたのである。

家は取り壊し、広い庭の半分は売りに出し、こぢんまりした二階屋でも建て、そこを終《つい》の棲家《すみか》にしようと思っていた。

（子孫も残さず、家まで新築となると、あの世の両親はどう思うだろうか）

彼は腕組みしながら、家の周りを歩いた。

（あの世と言えば、清美《きよみ》はどう思うかな。彼女だけを思って結婚しなかった僕を……）

高志は、二十歳で死んだ唯一無二の恋人を思い出した。

三歳下の清美とは学生時代に知り合い、一年半ばかり付き合ったが、彼女は肺炎をこじらせて呆気《あっけ》なく死んでしまったのだ。

以後、彼は清美の面影だけを拠《よ》り所《どころ》とし、どんな女性も愛することはなかった。

しかし男というものは、大きな一つのものを失うと、小さな多くのもので補おうとする習性がある。

だから性欲だけは旺盛で、誰も愛さぬ代わり、女性の誰もに性欲を抱きまくってきた。

それでも彼は決して女性に手を出すことはせず、たまに一期一会の風俗へ行った他は、もっぱら妄想オナニーばかり、この還暦になるまで毎日薄いザーメンを放出し続けてきたのだった。

やがて彼は、裏庭の空井戸に近づいた。

（これも埋め立てないと。でも色々とお祓《はら》いとか儀式が必要なんだろうな……）

古びたコンクリートの縁に手をかけ、下を覗《のぞ》いてみた。

「え？　灯《あか》りが……」

高志は目を見張り、身を乗り出した。

底までは二メートル強、そこから横穴があり、灯りはその奥から洩《も》れているようだ。

幼い頃から友人と探検して降りようとするたび、祖父や父からは祟《たた》りがあると、固く止められていたので今まで一度も入ったことはなかった。

もともと恐《こわ》がりなのだが、今はそのレモン色の灯りと、奥からほのかに漂う甘い匂いに誘われ、やけに艶《なま》めかしい気分になった彼は物置から脚立を出してきた。

スチール製のそれを長く伸ばして井戸に入れ、防災用に買っておいたライトのバンドを額に巻き、スイッチを入れて縁に乗ると、注意深く梯子《はしご》を下りていった。

普段は臆病で慎重な彼だったから、誰もいないときに降りることなどないのだが、今は甘い匂いに朦朧《もうろう》となりはじめていた。

底へ降り立つと、意外に大きな横穴があり彼はやや背を屈《かが》めて進んでいった。照らしても奥はどこまでも漆黒の闇が続いているが、彼方から甘い匂いを漂わせ、こちらに迫ってくる黄色っぽいものが見えた。

目を凝らすと、それは長い黒髪を乱し、淡いレモン色の着物を着た女らしきものが駆け寄ってくるではないか。

「ひいい……！　まさか、ヨモツシコメ」

高志は恐怖に声を震わせ、慌てて梯子まで駆け戻った。古事記の記述を思い出し、桃でもあれば投げつけ、彼女が貪り食ってる間に時間が稼げるのだが今は何もない。

とにかく梯子に辿《たど》り着くと、慌てて上ろうとするが脚が震えてなかなか上がれない。

そこへ黄泉《よみ》の国の鬼女が迫り、彼の尻を摑《つか》んだ。

「ひゃーっ……！」

高志は失禁しそうな恐怖に悲鳴を上げたが、何と背後から迫る彼女が尻を押しはじめてくれたのだ。

「え……？」

「気をつけて上がって」

可憐《かれん》な声がして、グイグイ押しながら自分も上がってくるではないか。

とにかく上まで来ると縁に摑まり、足を掛けてよじ登り、何とか裏庭に降り立ち、その場にへたり込んだ。日の射《さ》す明るい庭が、何とも懐かしく感じられ、戻れたことを嬉《うれ》しく思った。

すると髪の長い淡いレモン色の衣を着た女も後から上がってきて、高志は井戸から女が出てくるホラー映画を思い出した。

「ああ、初めて来たわ。人の世に」

彼女も降り立ち、甘い匂いを漂わせながら周囲を見回して言った。

歳《とし》は二十歳ばかりに見え、何とも見目麗しい美女ではないか。こんな非現実的な最中なのに、高志は持ち前の性欲をムラムラと湧かせてしまった。

「き、君は……」

「とにかく手を洗わせて」

「は、はい……」

高志は相手が美女なので恐怖も消え、彼女を勝手口から中に入れ、思い出したように額に括《くく》り付けたライトを外した。

草履を脱いで上がり込んだ彼女は、台所で手を洗い、彼も一緒に洗ってからタオルを渡してやった。

黄色っぽい浴衣のようなものに帯が巻かれているだけで、もちろん化粧気もない。

「お話を聞いて。高志さん」

「と、とにかく中へ」

名を知っているからには、昔から井戸の下に棲みついている妖怪の類いだろうが、彼はリビングに招いて向かい合わせに座った。

「私の名は、喜世美《きよみ》」

「き、きよみ……」

思わず言ったが、彼女が喜世美と言った漢字まで頭の中に伝わってきたし、顔立ちも違うので別人だろう。恋人だった清美は、清楚《せいそ》だが実に平凡な顔立ちだった。

「ぼ、僕は……」

「ええ、全部知ってるので自己紹介は要らないわ。あなたが井戸を埋めようと考えていたので、淫魔大王の命令で引き留めに来たの」

「い、淫魔大王……、閻魔《えんま》じゃなくて？」

「閻魔様は高齢で休んでいるので、二番手の淫魔大王が全てを采配しているわ」

「そ、それで君は、黄泉醜女……？」

「ええ、あの井戸の横穴は黄泉の国に繋《つな》がり、さらには極楽や地獄にも通じているの」

「それで、井戸を塞いだら何か不都合が？」

高志は、喜世美の美貌にモヤモヤと股間を熱くさせながら言った。

2

「あなたに、この世とあの世を行き来して、淫魔大王を手伝ってほしいの」

「そ、そんなこと……」

「あなたは小野篁《たかむら》さんの子孫でしょう?」

「そ、そんなこと聞いてないよ……」

高志は驚きに目を丸くした。我が小野家が小野妹子、小野小町、小野道風、まして小野篁などと血縁だったという話は一度も聞いていなかった。

小野篁というのは平安時代の官僚、昼間は朝廷に仕えて事務を執り、夜は井戸からあの世へ行って閻魔大王の補佐をしていたという伝説がある。

閻魔が、淫らな絵空事を書いた紫式部を地獄へ落とそうとしたのを諫《いさ》め、極楽へ行かせたというのも篁だったと言われていた。

「間違いなく子孫だわ。その証拠に、これ読めるでしょう?」

彼女が懐中から紙を出し、広げて見せた。

それには縦に漢字が十二文字、「子子子子子子子子子子子子」と書かれていた。

「ああ、それなら知ってる。嵯峨《さが》天皇が小野篁に読ませたという判じ物だね」

「読んで」

「獅子の子小獅子、猫の子小猫」

「違うわ。これは小猫猫猫小猫猫と読むの」

「そんなの聞いたことないよ」

「嘘《うそ》、冗談。獅子と猫で正解」

喜世美が悪戯《いたずら》っぽく笑って言い、紙を仕舞った。

「とにかく淫魔大王に会って」

「井戸の奥へ行くのはどうにも……」

言われて、高志は尻込みした。

「行くなら、私を好きにしていいから」

「行く！」

高志は即答し、とうとう痛いほどピンピンに股間を突っ張らせてしまった。

何しろ妄想オナニーにばかり明け暮れ、生身など最後に風俗へ行ってから十年ばかり経《た》っている。

どうにも風俗嬢は、無味無臭で味気ないから、病みつきにならなかったのだ。

清美とも、互いにファーストキスをして、数回処女の割れ目を舐《な》めたり、口内発射させてもらっただけで、セックスはしていなかったのである。

それは結婚してからの楽しみに取っておこうと約束していたからなのだが、結局清美は処女のまま死んでしまったのだった。

（久々に生身の女性が抱ける。しかもこの世のものではない超美女で、いつも風呂上がりで清潔な風俗嬢と違って、甘くて濃い体臭が沁《し》み付いている……)

高志は期待と興奮に胸と股間を脹《ふく》らませ、気が急《せ》くように喜世美を寝室に招いた。

寝室は、六畳の和室にカーペットを敷き、セミダブルベッドが据えられている。もちろん古い家だが、バストイレなどは最新式に改築されていた。しかし、この家に女性が来るのは初めてのことであった。

「じゃ、脱ごうね」

高志は、見た目は四十歳ばかり年下の喜世美に言い、自分も手早くシャツとズボンを脱いで全裸になっていった。

喜世美も帯を解いて着物をサラリと脱ぎ去ると、下には何も着けておらず、すぐにも彼女は一糸まとわぬ姿になりベッドに仰向《あおむ》けになった。

たちまち着物の内に籠もっていた、生ぬるく甘ったるい匂いが寝室内に立ち籠めた。

高志も夢中になってベッドに上り、全裸の美女を見下ろした。

肌は透けるように色白で、長い黒髪が白いシーツに映えていた。張りのある乳房はやや上向き加減で形良く、乳首も乳輪も綺麗《きれい》な薄桃色をしていた。

臍《へそ》は愛らしい縦長で、股間の茂みも楚々として淡く煙っていた。
実際には何歳か分からないし、処女ということもないだろうが、見た目は完全に二十歳ぐらいの女性である。

そして喜世美は初めて人の世に来たと言っていたのだから、人間の男とするのは初めてに違いない。

とにかく高志は興奮を抑えながら、吸い寄せられるように彼女の乳房に顔を埋め込み、チュッと乳首に吸い付いて舌で転がした。

「あう……」

彼女がか細く呻《うめ》き、ビクリと反応した。

胸元や腋《わき》から、さらに甘ったるい汗の匂いが漂い、次第に喜世美はうねうねと身悶《みもだ》えはじめた。

高志は両の乳首を交互に含んで舐め回しては、顔中で柔らかな膨らみを味わった。

さらに彼は喜世美の腕を差し上げ、濃い体臭を求めるように腋の下にも鼻を埋め込むと、何とそこには柔らかな和毛《にこげ》が煙っているではないか。

腋毛は、清美にも風俗嬢にもなかったもので、高志はゾクゾクと興奮しながら鼻を擦《こす》りつけ、濃厚に甘ったるい汗の匂いに噎《む》せ返った。喜世美もくすぐったそうにクネクネと身悶え、さらに濃い匂いを揺らめかせた。

充分に胸を満たしてから、彼は滑らかな肌を舐め降り、舌先で臍を探り、腰の丸みから脚をたどっていった。

本当は早く股間を舐めたり嗅いだりしたいのだが、それをするとすぐ挿入したくなり、欲求が溜《た》まっているだけに、あっという間に済んでしまうだろう。

せっかく、この世のものならぬ超美女が自由になるのだから、性急にならず全身隅々まで丁寧に味わいたかった。

喜世美の脛《すね》にもまばらな体毛があり、これも実に野趣溢《あふ》れる魅力であった。

脚は長く逞《たくま》しい。黄泉醜女は一飛びで千里を行くほど足が早いと聞くので、きっと強靱《きょうじん》な筋肉が秘められているのだろう。

舌を這《は》わせて足首まで下り、足裏に回り込んで踵《かかと》から土踏まずを舐め回した。

それほど汚れてはいないが、指の間に鼻を割り込ませて嗅ぐと、そこは生ぬるい汗と脂にジットリ湿り、蒸れた匂いが濃厚に沁み付いて鼻腔を刺激した。

(ああ、美女の足の匂い……)

高志は興奮と感激に嗅ぎまくり、爪先にしゃぶり付いて指の股に順々に舌を挿し入れて味わった。

「あう、ダメ……」

喜世美がくすぐったそうに呻き、唾液に濡《ぬ》れた指先でキュッと彼の舌を挟み付けたが、拒みはしなかった。

彼は両足とも、指の間の味と匂いが薄れるまで貪り尽くすと、ようやく喜世美を大股開きにさせ、脚の内側を舐め上げていった。

白くムッチリと張りのある内腿《うちもも》を舐め上げて股間に迫ると、籠もる熱気と湿り気が彼の顔中を包み込んできた。

彼は顔を寄せ、割れ目に目を凝らした。

3

「何て綺麗だ……」

高志は、喜世美の割れ目に感動を覚えて呟《つぶや》いた。ぷっくりした丘には黒々と艶のある恥毛が、ほんのひとつまみほど恥ずかしげに煙り、丸みを帯びた割れ目からはみ出す花びらは実に清らかなピンク色だった。

指を当てて陰唇を左右に広げると、中も綺麗なピンクの柔肉で、花弁状に襞《ひだ》の入り組む膣口《ちっこう》が息づき、ポツンとした小さな尿道口も確認できた。

包皮の下からは、小粒のクリトリスが真珠色の光沢を放ってツンと突き立っている。

もう堪《たま》らずに顔を埋め込み、柔らかな茂みに鼻を擦りつけると、蒸れた汗とオシッコの匂いが悩ましく鼻腔を搔《か》き回してきた。

柔肉を舐め回すと、溢れるヌメリが淡い酸味を含んで舌の動きを滑らかにさせた。

黄泉醜女というからには恐ろしい顔で、地底に住んでいるから不潔な悪臭でもするかと思ったが、どれも実に艶めかしく、彼は初めて清美の股間に顔を埋め、ナマの匂いを感じたときの感動を思い出した。

膣口の襞をクチュクチュ搔き回し、味わいながら柔肉をたどってクリトリスまで舐め上げていくと、

「アアッ……、いい気持ち……」

喜世美がビクッと顔を仰《の》け反《ぞ》らせて喘《あえ》ぎ、内腿でキュッときつく彼の両頬を挟み付けてきた。

クリトリスを舌先で弾《はじ》くように刺激すると、ヌラヌラと愛液の量が増してきた。

さらに高志は彼女の両脚を浮かせ、白く形良い尻の谷間に迫った。

谷間には、薄桃色の可憐な蕾《つぼみ》がひっそり閉じられ、鼻を埋め込んで嗅ぐと顔中に弾力ある双丘が心地よく密着してきた。

蕾には蒸れた汗の匂いと、秘めやかな微香も混じって鼻腔を刺激してきた。

（ああ、ナマの匂い……）

高志は興奮しながら嗅ぎまくり、舌を這わせて襞を濡らすと、ヌルッと潜り込ませて滑らかな粘膜を探った。

「あう……！」

喜世美が呻き、キュッと肛門できつく彼の舌先を締め付けてきた。

彼は内部で舌を蠢《うごめ》かせてから、ようやく脚を下ろし、再び割れ目に戻って大量の愛液をすすり、クリトリスに吸い付いていった。

「もうダメ、今度は私が……」

すると喜世美が絶頂を迫らせたように声を上ずらせ、身を起こして彼の顔を股間から追い出しにかかった。

高志も、味と匂いを堪能《たんのう》すると股間を這い出し、仰向けになっていった。

喜世美は入れ替わりに上になり、大股開きにさせた彼の股間に腹這い、美しい顔を迫らせてきた。まず彼女は高志の両脚を浮かせ、自分がされたように肛門に舌を這わせてきたのである。

「い、いいよ、そんなことしなくて、あう！」

ヌルッと舌が潜り込むと、高志は妖しい快感に呻き、美女の舌先を味わうようにモグモグと肛門で締め付けた。

これは清美にも風俗にもしてもらっていない愛撫《あいぶ》で、内部で舌が蠢くたび、勃起したペニスが内側から刺激されるようにヒクヒクと上下した。

ようやく脚が下ろされると、喜世美は舌を移動させ陰嚢《いんのう》にしゃぶり付いた。二つの睾丸《こうがん》を転がし、袋全体を生温かな唾液にまみれさせると、いよいよ前進し、肉棒の裏側をゆっくり舐め上げてきた。

滑らかな舌先が先端まで来ると、彼女の長い黒髪がサラリと股間を覆い、内部に熱い息が籠もった。

喜世美は幹にそっと指を添え、粘液の滲《にじ》む尿道口をチロチロと舐めてから、張り詰めた亀頭にしゃぶり付いた。

そのまま丸く開いた口で、スッポリと喉の奥まで呑《の》み込むと、幹を締め付けて吸い、口の中ではクチュクチュと滑らかに舌が蠢いてペニスを清らかな唾液に浸した。

「ああ、気持ちいい……」

高志は快感に喘ぎ、美女の口の中でヒクヒクと幹を震わせた。

思わずズンズンと股間を突き上げると、

「ンン……」

喉の奥を突かれた喜世美が小さく呻き、合わせて顔を上下させ、濡れた口でスポスポと強烈な摩擦を繰り返してくれた。

「い、いきそう、入れたい……」

すっかり高まった高志が口走ると、喜世美もすぐにチュパッと軽やかな音を立てて口を離し、顔を上げた。

「跨《また》いで上から入れて……」

高志が言うと、喜世美もすぐに身を起こして前進し、彼の股間に跨がってきた。

そして唾液に濡れた先端に割れ目を押し当て、息を詰めてゆっくり腰を沈めると、張り詰めた亀頭を膣口に受け入れていった。

彼自身は、ヌルヌルッと肉襞の摩擦を受けながら根元まで滑らかに呑み込まれ、

「アアッ……、いい……」

喜世美は顔を仰け反らせて喘ぐと、完全に座り込んでピッタリと股間を密着させた。

高志も股間に重みと温《ぬく》もりを受け止め、息づくような膣内の収縮にうっとりとなった。

そして両手を伸ばして抱き寄せると、喜世美もゆっくりと身を重ねてきた。

高志の胸に柔らかな乳房が押し付けられて心地よく弾み、彼は両手でしがみつきながら両膝を立てて白く弾力ある尻を支えた。

下から唇を重ねて舌を挿し入れ、滑らかな歯並びを左右にたどると、

「ンン……」

喜世美も熱く鼻を鳴らして歯を開き、ネットリと舌をからみつけてくれた。

生温かな唾液に濡れた舌は滑らかに蠢き、彼は滴る唾液でうっとりと喉を潤した。

そして快感に任せてズンズンと股間を突き上げはじめると、

「ああ、いきそう……！」

喜世美が淫らに唾液の糸を引いて口を離し、熱く喘ぎながら合わせて腰を動か

した。

彼女の口から洩れる吐息は熱く湿り気を含み、まるで果実でも食べた直後のように、濃厚に甘酸っぱい匂いがして、悩ましく鼻腔を掻き回した。

もう堪らず、彼は超美女の息の匂いと肉襞の摩擦の中で、急激に昇り詰めてしまった。

「く……！」

突き上がる大きな絶頂の快感に呻き、ドクンドクンと勢いよく熱い大量のザーメンをほとばしらせた。

「あう、熱いわ、いく……、アアーッ……」

噴出を感じた喜世美も、オルガスムスのスイッチが入ったように声を上げ、ガクガクと狂おしい痙攣《けいれん》を繰り返した。

高志は収縮と摩擦の中で心ゆくまで快感を嚙《か》み締め、最後の一滴まで出し尽くしていった。そして満足しながら徐々に突き上げを弱めると、超美女のかぐわしい吐息を嗅ぎながら、うっとりと快感の余韻に浸り込んでいったのだった……。

4

「じゃ、行きましょう」

互いにシャワーを浴び、身繕いを済ませると、すぐにも喜世美が高志に言った。

「うん……、ライトを……」

高志は、気が進まないまま渋々答えた。

やはり快楽を味わってしまうと、黄泉の国へ行くのが億劫《おっくう》になっているのだ。

「ライトなんか要らないわ。もう私の体液を吸収して、淫魔の力を得ているから闇でも目が利くのよ」

喜世美が言う。黄泉戸喫《ヨモツヘグイ》は、黄泉の国で飲食すると後戻りできなくなると言うが、セックスも同じらしい。

どうやら喜世美が好きにして良いと言ったのは、快楽の引き替えで言いなりにさせるという意味ではなく、交わったことですでに彼は半分黄泉の国の人間になってしまったようである。

とにかく裏庭に出ると、先に喜世美が井戸の中に入った。そのまま掛けてある梯子は使わず、飛び降りて着地していた。
続いて高志も恐る恐る梯子を下りたが、すぐ飛べる気がして中に降り立ってい
た。喜世美の唾液や愛液、吐息や体臭を吸収してから身の内に力が漲《みなぎ》り、頭も冴《さ》
えてきたような気がしていた。
喜世美に従い、横穴に入っていくと、確かに闇でも周囲の様子が見えるように
なっていた。通路があり左右と天井は岩壁。
虫なども見当たらず、そこはすでに生き物のいない世界、黄泉の国に通じる
黄泉比良坂《ヨモツヒラサカ》であろう。坂といっても坂道ではなく、境界という意味である。
「ね、喜世美さん」
高志は先を行く喜世美を呼び止めた。
「呼び捨てでいいわ」
「じゃ喜世美、僕もイザナギノミコトのように、死んだ彼女に会いたいのだけ
ど」
彼は、清美を思い出して言ってみた。
「会えないわ。とっくに転生して、彼女が望んだ女性の子供として生まれてるか
ら」

「そうか……、じゃ過去の人には会えないんだな……」

「ええ、でも生前の思いがよほど強い人は、そのまま黄泉の国にとどまっているわ。宮本武蔵は、まだここで禅を組んでいるし、幕末の志士たちも思いを残しているの。ごく普通の人たちは転生を望んで、これはと思う女性の体内に入っていくわ」

「そうか、分かった」

高志が答えると、喜世美は先を急いだ。

彼も、足の早い喜世美に必死についていくと、奥が薄明るくなり周囲も開けてきた。

「こ、恐い人かな、淫魔大王って……」

高志は不安げに言った。何しろ閻魔大王の代わりが務まるほどの大物である。

「恐くないわ。嫌らしいけど。ほら、あそこにいるわ」

喜世美が指すと、大きな椅子に、ごく普通のオッサンが座っていた。体重は百キロほどで見た目は六十代半ば、何とスキンヘッドに丸メガネに無精髭《ひげ》、濃紺の作務衣を着た男ではないか。

「あ、あなたが、淫魔大王……？」

あまりに人と同じなので拍子抜けしながら言うと、淫魔大王がこちらを見た。

「おお、来たか。ちょうど今は暇だから助かる。じゃ仕事を説明しよう」

淫魔大王が手招きして言い、高志は喜世美と一緒に近づいた。すると、上からは清い光が射し、下は夜目も利かない暗闇だった。

どうやら、ここで本来なら閻魔が死者の生前を判定し、極楽か地獄へ行くよう分ける場所のようだ。

「犯罪者は必ず地獄へ堕《お》ちるから裁決も簡単なのだが、普通の連中が厄介でな。それをお前に決めてもらう」

「僕が、地獄行きの選別を……？」

高志は、淫魔大王に訊《き》いた。

「ああ、いちいちここへ来なくても良い。日頃の生活で、些細《ささい》な悪いことをした奴《やつ》に向かい、地獄へ堕ちろ、とひとこと言えばここへ送られる」

「例えば、畳んだ傘を後ろに振って歩く奴とか、車内で脚組む男とか」

「そうそう、犯罪未満のそういう奴らを、どんどん送り込んでくれ。地獄も暇で仕方がないのだ」

どうやら地獄の獄卒たちは、亡者の苦痛を糧に生きているらしい。極楽より地獄の方が広大で、少しでも多く送り込み、転生もさせず一兆年ばかり苦しめたいようだ。

「分かりました。やります」

高志は明るい顔で答えていた。

もともと彼は内向的だったから、図々しい奴らにずいぶん不快な目に遭わされ、常に泣き寝入りしてきたので、それらを順々に地獄へ堕としたくなったのである。

「おお、頑張ってくれ。その代わり、わし本来の力を授けよう。精力は倍以上になり、男の魅力も増すので、今後落ちない女はいなくなるだろう」

「本当ですか！」

どうやら、妄想オナニーしなくても、実際に思う女性と全て懇ろになれるようだ。

淫気を掌《つかさど》る大魔王が言うのだから間違いはないだろう。

この淫魔大王は、そんな魅力的には見えないが、男同士では分からず女性に分かる何かがあるのかも知れない。

「地獄へ堕ちろと、言った途端にそいつは死んで、魂がここへ来るんですか」

「いや、誰も彼もが心臓麻痺《まひ》でバタバタ死んだら、そばにいるお前が疑われかねないからな、少し経って別の場所で、事故や通り魔などで始末する。どちらにしろ言ってから五分以内だ」

「そうですか。分かりました」

「では行け。少しでも多くの嫌な奴を地獄へ送り込み、少しでも多くの女を抱いて、いずれわしの代わりを務めろ。喜世美を世話役に使え」

淫魔大王が言い、高志と喜世美は辞儀をしてその場を離れた。

「来て良かった。楽しみになってきたぞ」

元の道を引き返しながら、高志は喜世美に言った。

これから、幼い頃のいじめっ子や、カツアゲをしてきた奴、駆け出しの彼を小馬鹿にして約束を守らない編集など、順々に地獄へ送って屈辱を晴らそうと思った。

ただし、すでに死んでいる者は適用外で、しかも面と向かって言わないと効果がないようだ。だから見知らぬ相手に対し、今まで女性をグーで殴った奴全員、と言うような大雑把なことは出来ないらしい。

そして黄泉比良坂を歩いて行くと、いつしか高志と喜世美は、何人もの女に取り囲まれていたのだった。

5

「喜世美、いいね、お前だけ人の世を行き来できるなんて」

「一度でいいから、その男を味わわせて」

同じく淡いレモン色の着物を着た、数人の黄泉醜女たちが目をキラキラさせて言った。

幸い、みな美形で野性味溢れるアマゾネスのような女たちである。

「いいわ、私もしばらくこちらへは戻れないから」

すると喜世美があっさりと言い、高志の服を脱がせはじめたのである。どうやら喜世美に独占欲や嫉妬はなく、むしろ自分が選ばれたことを誇らしげにし、彼女たちにお裾分けを与えるようだった。

彼女たちも全裸になるなり、わらわらと高志に迫って服を剝ぎ取り、仰向けにさせてのしかかってきた。

「うわ……」

高志は声を洩らし、何人もの美女の混じり合った体臭に酔いしれ、たちまちムクムクと勃起していった。

妄想ばかりで実体験は地味だった人生で、今日ほど良い日はないだろう。

「いじって……」

両側から屈み込んだ美女たちが彼の手を引き、股間に導いていった。

彼も左右の美女たちの濡れた割れ目を探ると、他の美女たちも彼のペニスにしゃぶり付き、両の爪先を舐め、顔中にまで舌を這わせてきた。

何やら黄泉の国で、仰向けになったイザナミの全身に八人の雷神が群がり貪っていたという記述を思い出した。

彼女たちは、代わる代わる高志のペニスにしゃぶり付いて痛いほど吸い、唇も奪われて舌が潜り込み、時に二人三人が同時に彼の顔中を舐め回した。

たちまち高志の全身は美女たちの生温かな唾液にまみれ、彼は混じり合った匂いに絶頂を迫らせた。

みな吐息は濃厚な果実臭で、体臭もミルクのように甘ったるく濃厚だった。

「い、いきそう……」

「待って」

彼が降参するように言うと、一人が言ってペニスに跨がり、ヌルヌルッと根元まで嵌《は》め込んでいった。

「あう、いい気持ち……、いく……！」

挿入した途端、彼女はたちまち昇り詰めてガクガクと痙攣した。

「いったらどいて！」

次の女が彼女をどかせて跨がり、立て続けに挿入してきた。

どうやら人の男と交わると、すぐにも果ててしまうようで、彼も何とか最後の一人まで堪《こら》えることが出来た。

しかも淫魔大王の力を宿しているので、精力も体力も倍加しているのである。

彼女たちは次々と跨がっては果て、最後の一人が座り込んで腰を遣うと、とうとう高志も絶頂に達してしまった。

「く……！」

呻きながら、ありったけの熱いザーメンをドクンドクンと勢いよくほとばしらせると、

「アアーッ……！」

最後の一人は格別な快感を得て喘ぎ、狂おしい痙攣を繰り返した。

その間も、済んだ彼女たちはなおも貪欲に彼の左右の乳首や耳を噛み、濃厚な愛撫を続行していた。

高志も、美女たちに貪り食われているような快感の中、心置きなく最後の一滴まで出し尽くしていった。

「ああ、良かったわ……」

最後の一人がグッタリとなって股間を引き離すと、他の女たちがペニスに群がり、濡れた亀頭をしゃぶり、ヌメリを全て吸い取ってくれた。

「ああ、人の精汁……」

彼女たちが感激に息を弾ませて貪り、高志は身を投げ出し、執拗《しつよう》な刺激の中でうっとりと余韻を味わったのだった。

ようやく気が済んだように、彼女たちも身を離して呼吸を整えてから身繕いをした。

高志も喜世美に助け起こされながら、ノロノロと服を着て立ち上がった。

彼女たちは闇の中へ去ってゆき、また高志は喜世美と一緒に出口へ向かった。

「ああ、夢のように気持ち良かった。まあ、夢の世界のようなものだけど……」

「でも疲れていないでしょう？」

「うん、何度でも出来そうな気がする」

「それは、淫魔大王に力をもらったから、ただの還暦ではなくなってるわ」

喜世美が言い、井戸の底まで来ると先に梯子を軽々と登っていった。

続いて高志も、難なく上って井戸から外に降り立った。

もともと根っからの文化系で全ての運動は苦手だったのに、何やら今は、どんなスポーツでも難なくこなせそうなほど、気力体力が充実していた。

「私の姿は、他の人からは見えないので、誰かいるときに話すのは気をつけて」

「ああ、分かった」

言われて、二人で家に入った。

シャワーでも浴びようかと思ったが、もう全身どこにも彼女たちの体液などは残っておらず、射精後の気怠《けだる》さも一切感じられなかった。やはり、あの世での出来事は、この世に関わりがないのかも知れない。

コーヒーでも淹《い》れようかと思ったら、その時チャイムが鳴ったのだった。

6

「だいぶ古いお宅なので、換気のため床下にファンのセットとかはいかがでしょう」

訪ねて来たのは、訪問販売員だった。三十代の薄っぺらな二枚目である。

「要らない」

「どうか説明だけでも」

「アポ無しで自分の利益のために居座るのは時間泥棒だ。消え失《う》せろ」

「何だと、この野郎！」

高志が言うと、男は気が短いらしく睨《にら》み付けてきた。

「地獄へ堕ちろ！」

目を見て言った途端、男はビクリと立ちすくみ、そのまま朦朧としながらフラフラと外へ出ていった。

そして門の外に出た途端、猛スピードで走り来る車に思い切り撥《は》ねられた。

「グギャーッ……！」

悲鳴を残してものすごい音がし、恐らく即死したのだろうと思った。

するとスマホが鳴ったので出ると、何と淫魔大王からだった。

「おお、早速送ってくれたか。訪問販売屋の奴は、図々しくて界隈《かいわい》で多くの主婦に嫌われていたし、DVで別居中の妻にもストーカー行為を繰り返しているゴミだ。地獄で百兆年ほど痛めつける」

「わあ、それはいい気味ですね」

「撥ねたドライバーも覚醒剤中毒者だから、懲役の間に獄死して、やはり地獄へ来る。奴の妻も保険金が入って幸せになれるだろう。これからもどんどん送り込んでくれ」

大王は言って電話を切った。

地獄へ堕ちれば肉体はないので、もちろん飲食や睡眠も取れず、気も狂わず死ぬこともなく、延々と百兆年、およそ人が得られる最大限の苦痛に麻痺することなく苦しみ続けるようだ。

（うう、絶対に行きたくないな）

高志は思い、喜世美の分と二つコーヒーを淹れていると、彼方から救急車とパトカーのサイレンの音が聞こえてきた。

毎日どんどん気に入らない奴を地獄へ堕としても、高志が面と向かう数には限りがあるので、急激に人口が減るようなことはないだろう。

やがてコーヒーを淹れると、喜世美と二人リビングで飲んだ。

「美味《おい》しくないわ……」

少し口を付けただけで、喜世美はカップを置いた。

「もっと砂糖とミルクを入れてもいいよ」

「いらない」

「そう、飲み食いはしなくて済むのかな」

喜世美は、ちゃんと尿道口や肛門もあるのに、この世では飲食しなくて良いらしい。

「でもお料理の仕度ぐらいは出来るから、やり方を教えて」

「ああ、それは助かるよ。でも飯を炊いて味噌《みそ》汁だけ作れば、あとは冷凍物をチンするだけだけどね」

高志は答えたが、喜世美が何でもしてくれるなら、もっと食生活も充実するかも知れないと思った。

まあ長く一人暮らしに慣れているので、誰かとの同居は煩わしく、今まで願ったこともないのだが、そこは喜世美もうまく適度に姿を消してくれることだろう。

「歴史上の人物が、大部分は黄泉の国に残っていると言ったね。次の長編のため、そのうちインタビュー出来るだろうか」

「ええ、また比良坂へ行ったとき呼んできてあげるわ」

言うと喜世美も快諾してくれた。

黄泉の国は広さも実体もないので、多くの魂が残っていても密集して満杯になることはないようだった。

「でも、幕末ぐらいならいいけど、あまり昔の人だと標準語が通じないな」

「大丈夫、心が通じているから話せるわ」

「それなら有難い。信長にも光秀にも、近藤勇や龍馬にも会ってみたい。それにしても、転生を望まず、永遠に思いを残し続けるというのは、やはり歴史に残るだけのことはあるんだな……」

「中には、一般人でも残ってるのがいるわ。オタクとかゲームマニアとか、新たな人生を面倒がって、夢の世界に居続けたいデクの坊が。もっともいずれみんな黄泉醜女たちの使い走りになるけど」

喜世美が言い、高志は彼女の分のコーヒーも飲み干した。

すると、またチャイムが鳴ったので、喜世美は姿を消し、高志は玄関に向かった。

7

「済みません。近くまで来たものですから、アポ無しで来ちゃいました」

彼女、担当編集の平坂恵理子《ひらさかえりこ》が言った。

「わあ、よく来てくれたね。どうぞ中へ」

高志も、美女の来訪に舞い上がり、恵理子をリビングへ招き入れた。

「ちょうど今、コーヒーを淹れようとしていたんだ」

彼は言い、喜世美の分のカップも急いで持って台所へ行き、またコーヒーを二つ淹れはじめた。

「どうかお構いなく、これどうぞ」

恵利子が言って菓子折を出した。

とにかく編集者とはいえ、人の女性がこの家に入ったのは初めてである。

恵理子は、まだ今春に大卒で入社したばかりの二十三歳。セミロングの黒髪にメガネを掛けた、いかにも図書委員といった感じの真面目そうな美女だった。

まだ初々しいが優秀で、彼の担当になって間もない。

もちろん高志も、この清楚な知的メガネ美女の面影で、何度となく妄想オナニーではお世話になっていたのだ。

「良い雰囲気のお宅ですね。編集長から道順を聞いてきたんです。先生は男やもめだけど堅物だから大丈夫だろうって」

恵理子が笑みを洩らして言った。

確かに、高志の淫気が強く、還暦になっても妄想オナニー三昧であることは誰も知らず、女性に軽口一つ言わない真面目人間で通っているのだ。

（処女ということはないだろうなあ。いくら大人しくて真面目な子でも、高校大学の間に何もないとは考えられない。確か女子高から女子大ということだったが……）

彼は淫気を満々にしながら思い、やがて二つのコーヒーを持ってテーブルに置き、恵理子の向かいに座った。

さっき喜世美の分まで飲んだから、彼には三杯目のコーヒーである。

しかし喜世美や黄泉醜女たちを相手に射精しても、まだ人間の女性とはしていないので早くも股間が熱くなってきた。

「昨日送信して頂いた長編、一晩で読み切ってしまいました。すごく良かったです」

恵理子が言い、コーヒーを一口ブラックですすった。

「美味しいわ。でも仕事だから一気読みしたけど、本当は時間をかけて、ゆっくり楽しんで読みたかったです」

日本史専攻だった彼女が言う。

清楚な服でほっそり見えるが、よく見るとブラウスの胸は豊かに膨らみ、尻の丸みも実に艶めかしかった。

「そう、それは嬉しい。また次の構想を練っているから相談に乗って欲しい」

「はい、是非……」

顔を上げた恵理子が、おや、というふうに正面から彼を見つめた。

「ん？　何か？」

「いいえ、済みません。何だか社でお会いしたときと雰囲気が違うので」

「そう、長編を終えてノンビリしているからだろうね」

「そうですか。何だか、すごく男っぽい感じで、うまく言えませんが……」

恵理子が、レンズの奥から熱っぽい眼差《まなざ》しを向けて言う。

どうやら早速、淫魔大王から授かったオーラでも滲み出ているのだろう。

(妄想でなく、今日は本当に出来るかも……)

そう思うと、ムクムクと股間が突っ張ってきてしまった。

「君は、付き合っている彼氏はいるの?」

「いえ、いないんです」

唐突な質問にも、恵理子はしっかり彼を見つめて答えた。

「そう、今までは?」

「一人もいません」

「じゃ、まさか、処女……?」

驚いて聞くと、恵理子は色白の頬をほんのり染めて小さく頷《うなず》いた。

どうやら、二十三歳の処女が、この令和の時代にもいるのだった。

「私、ずっと同性ばかり好きになっていたし同じ年頃の男子は軽そうで嫌いでした」

「ど、同性……」

確かに、ずっと女子校なら、それも有り得るかも知れないと思っていた。

「じゃ同性との体験は？」

「少しあります。先輩に教わったし、彼女からもらったバイブで挿入の快感も分かってるんですけど……、まあ、私どうしてそんなことまでお話しを……」

恵理子は急に狼狽《ろうばい》し、モジモジと身をよじりながら声を震わせた。

どうやら淫魔大王のパワーに影響され、淫らなことまで正直に口にして、淫気を湧かせはじめているのかも知れなかった。

「そ、挿入の快感……、じゃ実際に男と初体験してみても痛みはなく、すぐ感じるのだろうね……」

「はい、たぶん……」

また恵理子は正直に答えた。

（これは、もうするしかない！）

高志は意を決して思い、痛いほど股間を突っ張らせた。

喜世美だって気を利かせて姿を現さないだろうし、淫魔大王からも、どんどん実際に生身の女性を抱いて力を付けろと言われているのである。

「今日は、すぐ社に戻るのかな？」

「いいえ、このまま直帰ですから、いくらでも時間は」

「じゃ外で夕食でもしようか。でもまだ早いので、良ければ、その、実際に男と初体験をしてみない？」

高志は、今までの人生では一度も言わなかったことを、この三回り以上も年下の美女に思い切って口にしてしまった。

するとと恵理子も、ビクリと微《かす》かに身じろぎながらも拒みはしなかった。

「ええ、教えて下さい。先生のことは最初から好きでしたし、どうせ体験するならうんと大人の男性が良いと思っていましたから」

「わあ、じゃこっちへ来て」

高志は自分のコーヒーには口を付けず、舞い上がって立ち上がった。

そして寝室に行くと、恵理子も従った。

喜世美としたベッドだが、もちろんこの世のものではない喜世美の残り香は、恵理子には分からないだろう。

そう、人間の女性は、十年以上前の風俗以来、素人女性は清美以来だ。

しかも清美には挿入しなかったので、自分にとって恵理子は初めて最後までする素人女性になるだろう。

「じゃ脱ごうね」

真面目な恵理子相手だから、彼は言いながら寝室のカーテンを二重に閉めた。

何しろ彼は淫魔大王の力を宿しているから、少々薄暗くなってもはっきり見ることが出来る。

「あの、どうかシャワーを貸して下さい」

恵理子がモジモジと言った。

「僕は綺麗にしてあるからね、君もそのままで構わないよ」

「ゆうべ入浴したきりで、今日は朝から外回りで動き続けていましたから」

「うん、その方がいい。美女のナマの匂いを知りたいので」

彼は言い、先に脱ぎはじめていった。

「ああ、困ったわ。恥ずかしい……」

「じゃ脱がせてあげる」

全裸になって言い、ブラウスのボタンに手をかけると、

「分かりました。脱ぎますね……」

恵理子も意を決して答え、自分からボタンを外しはじめた。

高志も安心し、期待と興奮に激しく勃起しながら先にベッドに横になって待ち、脱いでゆく恵理子を見つめた。

彼女も脱ぎはじめると、もうためらいなく手早く白い肌を露《あら》わにしていった。

すると、服の内に籠もっていた熱気が解放され、生ぬるく甘ったるい匂いを含んで寝室内に立ち籠めはじめた。

あるいは彼女も、まだ男を知らないので、すぐにも彼が身を重ねて挿入してくると思ったのかも知れない。

もちろん彼もそんなつもりはない。喜世美にしたように、隅から隅まで味と匂いを堪能し尽くし、挿入など最後の最後のつもりであった。

「女性同士では、先輩が男役だったの？」

「いえ、立場はたまに入れ替えたりしました。どちらも私は燃えました……」

彼が訊くと、背を向けて脱いでゆく恵理子はブラを外して白く滑らかな背中を見せながら答えた。

どうやら女同士で、様々な快感は知っているようだ。それでも処女なのだから、否応《いやおう》なく興奮が高まった。

そして彼女が最後の一枚を下ろすと前屈みになり、逆ハート型の白く豊かな尻がこちらに突き出された。

（ああ、もうすぐ舐められる、何もかも）

高志は思いながら、勃起した幹をヒクヒク期待に震わせた。

今まで彼女とは編集部では何度も会っているし、常に妄想オナニーに使用してきたが、まさか実際に触れられる日が来ようとは夢にも思わなかったものだ。

もちろん力を宿した今日だから良いのであり、今までだったら口説いても恵理子は乗ってこなかっただろう。

「じゃ、もししてみたいことや、初体験への憧れがあったら、何でも好きなようにしてみるといいよ。もし要求があれば何でも言いなさい」

彼が言うと、一糸まとわぬ姿になった恵理子が向き直り、胸と股間を隠しながらベッドに上ってきたのだった。

「じゃ、はしたないですけど、先に男性を観察しても構いませんか……」

恵理子が言うので、高志も仰向けになり大股開きになった。すると彼女も、ためらいなく腹這いになり、高志の股間に顔を寄せてきたのであった。

第二話　熱き性戯の味方

1

「これが、本物の男……」

　恵理子が、高志の股間に顔を寄せて言う。

　奇跡的な二十三歳の処女であるが、バイブ挿入による快感は知っている。それが初めて本物のペニスを見たのだ。

　全裸にメガネだけ掛けた美女が、レンズ越しに熱い視線を注いでいるだけで、勃起した彼自身はヒクヒクと上下に震えた。

　やがて恵理子が恐る恐る幹に触れ、張り詰めた亀頭にも指を這わせてきた。

「温かいわ。血が通ってる……」

バイブしか知らない美処女が言い、さらに陰嚢に触れてコリコリと睾丸を確認し、袋をつまみ上げて肛門の方まで覗き込んだ。

そして再びペニスに戻り、とうとう舌を伸ばして付け根から裏側を味わうようにゆっくり舐め上げてきた。

「アア……」

清らかな唾液に濡れた舌先で滑らかに裏筋を舐められ、彼は夢のような快感に喘いだ。

何しろ風俗のサービスとは違う、慈しみの籠もった愛撫だ。

先端まで来ると、恵理子はそっと幹に指を添え、粘液の滲む尿道口をチロチロと舐めてくれた。

別に不味《まず》くなかったようで、さらに張りつめた亀頭をしゃぶり、丸く開いた口でスッポリと喉の奥まで呑み込んでいった。

快感の中心が美処女の温かく濡れた口腔に包まれ、高志は暴発を堪えて息を詰めた。

「ンン……」

恵理子は深々と含んで熱く鼻を鳴らし、股間に息を籠もらせながら幹を締め付けて吸い、口の中ではクチュクチュと探るように舌をからめてきた。

たちまちペニス全体は、彼女の生温かな唾液にどっぷりと浸り、快感に震えた。

さらに恵理子は顔を小刻みに上下させ、スポスポと強烈な摩擦を開始したのだ。

あるいはこのようにして、バイブを唾液に濡らしてから挿入しているのかも知れない。

いよいよ危うくなり警告しようと思ったが、それよりも先に恵理子はチュパッと口を引き離し、顔を上げた。

「早く入れてみたいです」

「その前に、僕も色々舐めたいので」

「だって、まだシャワーを……」

尻込みする彼女の手を握り、高志は引き寄せた。

「じゃまず顔の横に立って、足を顔に乗せてみてね」

「そ、そんなこと……」

処女にさせる行為にしては酷かも知れないが、何しろ頭の良い二十三歳だからアブノーマルな知識もあり、願いを叶《かな》えてくれることだろう。

とにかく顔の横に立たせ、片方の足首を摑んで顔に引き寄せると、

「あん……」

恵理子が声を洩らし、壁に手を付いて身体《からだ》を支えながら、ガクガクと脚を震わせた。

足裏を顔に押し付けると、心地よい感触が得られた。

彼は踵から土踏まずを舐め、縮こまった指の股に鼻を割り込ませて嗅いだ。そこは汗と脂にジットリと湿り、蒸れた匂いが濃く沁み付いて鼻腔を刺激してきた。

「ああ、いい匂い……」

彼は匂いを貪りながら思わず言った。死んだ清美以来、何十年ぶりに嗅ぐ生身の匂いである。

さらに爪先にしゃぶり付いて、順々に指の股にヌルッと舌を挿し入れていくと、

「あう……！」

恵理子が呻き、ビクリと脚を震わせた。

高志は足を交代させ、そちらも味と匂いを貪り尽くしてしまった。

「じゃ、跨いでしゃがんでね」

仰向けのまま言い、彼女の足首を握り、顔の左右に置くと、

「アア……、こんなこと……」

恵理子は声を震わせながらも、立っていられなくなったようにしゃがみ込んできた。

スラリとした脚がM字になり、太腿と脹《ふく》ら脛《はぎ》がムッチリと張り詰め、股間が彼の鼻先に迫った。

何という艶めかしい眺めだろう。和式トイレにしゃがんだ美女を真下から見るようだ。

割れ目からはみ出した花びらは、すでにヌラヌラと蜜に潤っている。

丸みを帯びた丘の恥毛は程よい範囲に茂り、彼はそっと指を当てて陰唇を左右に広げてみた。

「く……！」

初めて触れられた恵理子が息を詰め、座り込まないよう彼の顔の左右で懸命に両足を踏ん張った。

中は綺麗なピンクの柔肉で、無垢《むく》とはいえバイブ挿入に慣れた膣口が、花弁状の襞を入り組ませて息づいていた。

ポツンとした尿道口も確認でき、包皮の下からは意外に大きめな、小指の先ほどもあるクリトリスが光沢を放ってツンと突き立っていた。

「そ、そんなに見ないで下さい……」

真下からの熱い視線と息を感じ、恵理子がヒクヒクと白い下腹を波打たせて言った。

愛液も割れ目いっぱいに溜まり、今にもトロリと滴りそうになっている。

もう堪らずに腰を抱き寄せると、彼女もしゃがみ込んでいられなくなり、彼の顔の左右に両膝を突いた。

高志は柔らかな茂みに鼻を埋め込んで嗅いだ。隅々には生ぬるく蒸れた汗とオシッコの匂いが沁み付き、それに処女の恥垢《ちこう》であろうか微かなチーズ臭も混じって鼻腔を刺激してきた。

「いい匂い」

彼はまた嗅ぎながら言い、舌を挿し入れていった。膣口の襞をクチュクチュ探ると、淡い酸味のヌメリが舌の動きを滑らかにさせた。そしてクリトリスまで、味わいながらゆっくり舐め上げると、

「アアッ……！」

恵理子が熱く喘ぎ、トロトロと新たな愛液を漏らしてきた。

それを舌で掬《すく》い取って味わい、心ゆくまで艶めかしい匂いを貪ってから、さらに白く形良い尻の真下に潜り込んでいった。

谷間の蕾も綺麗な薄桃色で、細かな襞が恥じらうように収縮していた。

ひんやりした双丘を顔中に受け止め、蕾に鼻を埋めて嗅ぐと、やはり蒸れた汗の匂いが籠もっていた。

充分に嗅いで舌を這わせ、襞を濡らしてヌルッと潜り込ませ滑らかな粘膜を探ると、

「あう、ダメ……！」

恵理子が呻き、キュッときつく肛門で彼の舌先を締め付けてきた。

高志は内部で舌を蠢かせてから、再び割れ目に戻ってクリトリスに吸い付いた。

2

「も、もう、変になりそう……」

恵理子が喘いで言い、上体を起こしていられず彼の顔に上に突っ伏してきた。

「じゃ、跨いで入れてね」

高志も舌を引っ込めて言うと、いよいよと思い彼女がすぐに身を起こした。

「私が上ですか……」

「うん、美女を下から見たいので」

高志が言うと、恵理子も欲望に突き動かされて移動し、彼の股間に跨がってきた。

そして幹に指を添え、先端に割れ目を擦り付け、バイブ挿入のときもしているように充分にヌメリを与えた。

やがて息を詰めて位置を定めると、恵理子はゆっくり腰を沈み込ませていった。張り詰めた亀頭が潜り込むと、あとは潤いと重みでヌルヌルッと滑らかに受け入れた。

「あう……！」

恵理子が顔を仰け反らせ、目を閉じて呻いた。もちろん破瓜《はか》の痛みはなく、むしろ生身の肉棒を味わうようにキュッキュッときつく締め上げてきた。

高志も、肉襞の摩擦と潤い、温もりと締め付けを味わいながら、初めての処女を嚙み締めた。

彼女は完全に座り込み、密着した股間をグリグリと擦り付けるように動かし、そのたびに見事な巨乳が艶めかしく弾んだ。

彼は両手を伸ばして抱き寄せ、恵理子が身を重ねてくると、僅かに両膝を立てて豊満な尻を支えた。

下から両手で抱き留めながら、潜り込むようにして乳首に吸い付くと、

「アア……」

恵理子が喘ぎ、柔らかな膨らみを彼の顔中に押し付けてきた。

高志は心地よい窒息感の中、乳首を舌で転がして膨らみを味わい、もう片方の乳首も存分に味わった。

さらに彼女の、生ぬるく湿った腋の下にも鼻を埋め、何とも甘ったるい汗の匂いに噎せ返った。

そして彼女の白い首筋を舐め上げ、唇を重ね合うと、

「ンン……」

恵理子が熱く呻き、ピッタリと押し付けてきた。舌を挿し入れて滑らかな歯並びをたどると、彼女も歯を開いて受け入れ、ネットリと舌をからめてくれた。

美女の舌は生温かな唾液に濡れ、実に滑らかに蠢いた。

高志も、還暦にもなって若い美女とディープキスできる感激に包まれながら、

ズンズンと股間を突き上げはじめた。

「アアッ……、いい……！」

するとと恵理子が口を離し、顔を仰け反らせて熱く喘いだ。

彼女の口から吐き出される息は熱く湿り気を含み、花粉のような甘い匂いに混じり、昼食の名残か淡いオニオン臭も感じられ、その刺激がまた風俗嬢とは違うリアルな興奮となった。

いったん腰を突き上げると、あまりの快感に動きが止まらなくなり、やがて恵理子も合わせて腰を遣いはじめた。

すぐにも互いの動きがリズミカルに一致し、溢れる愛液で律動が滑らかになった。クチュクチュと淫らに湿った摩擦音も聞こえ、溢れたヌメリが陰嚢の脇を伝い流れ、彼の肛門まで生温かく濡らしてきた。

「い、いきそう……」

初めてなのに、挿入に慣れている恵理子はすぐにも声を上ずらせ、膣内の収縮を活発にさせていった。

しかし先に高志の方が、もう我慢できなくなり、肉襞の摩擦とかぐわしい吐息を味わいながら昇り詰めてしまった。

「く……！」

突き上がる大きな絶頂の快感に呻き、同時に熱い大量のザーメンがドクンドクンと勢いよくほとばしった。

「あ、熱いわ、気持ちいい、アアーッ……」

噴出を感じた途端に、恵理子もオルガスムスのスイッチが入ったように声を上げ、ガクガクと狂おしい痙攣を開始した。

やはりバイブは射精しないので、奥深い部分をザーメンで直撃されたのが大きな快感になったらしい。

知的なメガネ美女が、欲も得もなく喘いで昇り詰める表情は、何とも艶めかしいものだった。

高志は恵理子の喘ぐ口に鼻を押し込み、濃厚な花粉臭の吐息を貪り、心ゆくまで摩擦快感を味わいながら、最後の一滴まで出し尽くしてしまった。

何しろ淫魔大王の力を宿しているので、ナマの中出しをしようとも、孕《はら》んでトラブルが起きるようなことはない。

すっかり満足した彼は、徐々に突き上げを弱めていった。

「ああ……、こんなに良いなんて……」

すると恵理子も声を洩らし、肌の強《こわ》ばりを解いてグッタリともたれかかってきた。

彼は美女の重みと温もりを受け止め、息づくような収縮に刺激され、ヒクヒクと過敏に幹を跳ね上げた。

「あう、もう動かないで下さい……」

恵理子も絶頂の直後で敏感になって呻き、幹の震えを押さえるようにキュッときつく締め上げてきた。

高志は完全に動きを止め、熱く湿り気あるかぐわしい吐息を胸いっぱいに嗅ぎながら、うっとりと快感の余韻に浸り込んでいったのだった。

「強く動いたけど、痛くなかった？」

「ええ、最初から、すぐいきそうなほど気持ち良かったです……」

気遣って訊くと、恵理子も満足げに呼吸を整えながら答えた。

やがて彼女がそろそろと股間を引き離したので、ティッシュでの処理を省略し、高志も起き上がった。

そしてフラつく彼女を支えながら、一緒にバスルームへ移動した。もちろん処女喪失でも、彼女は出血していなかった。

シャワーの湯で身体を流すと、ようやく恵理子もほっとしたように力を抜いて椅子に座り込んだ。

高志は、湯に濡れた肌を見ながらムクムクと回復していった。ただの還暦ではなく、何しろ淫魔の力を持っているのだ。

彼は床に座って恵理子を立たせ、片方の足を浮かせてバスタブのふちに乗せ、開いた股間に顔を埋めた。

濡れた恥毛からは、もう濃厚だった匂いは消えてしまったが、それでも舐めると新たな愛液が溢れ、舌の動きがヌラヌラと滑らかになった。

「アア……」

恵理子も喘いで膝を震わせ、フラつく身体を支えるように彼の頭に摑まった。

3

「ね、オシッコ出して」

「え？　そんなこと無理です……」

股間から言うと、恵理子が驚いたようにビクリと身じろいで答えた。

「ほんの少しでいいから」

「どうして、そんな……」

「君みたいな美人でも出すのかどうか知りたいので」

言いながら腰を抱え、執拗に舌を這わせてクリトリスを吸うと、

「あう、そんなに吸ったら、本当に出ちゃいます……」

恵理子が声を震わせて言った。

やはり淫魔の力に操られ、拒みきることが出来なくなっているのだろう。

なおも舐め回していると、奥の柔肉が迫《せ》り出すように盛り上がり、温もりと味わいが変化してきた。

「で、出ちゃう……」

そして彼女が口走るなり、チョロチョロと熱い流れがほとばしってきた。

高志は舌に受け止めて味わい、清らかな流れを喉に流し込んだ。味も匂いも実に淡く上品で、まるで薄めた桜湯のように抵抗なく飲み込めた。

それでも勢いが増すと口から溢れた分が、温かく胸から腹に伝い流れ、ピンピンに回復しているペニスが心地よく浸された。

「アア……、信じられない……」

恵理子は朦朧となって言い、自分のしていることにガクガクと膝を震わせた。

それでもあまり溜まっていなかったか、間もなく流れが治まると、彼は余りの雫《しずく》をすすり、残り香の中で割れ目内部を舐め回した。

すると新たな愛液が溢れ、残尿が洗い流されて淡い酸味のヌメリが満ちていった。

「も、もうダメです……」

恵理子が息を震わせて言い、足を下ろすと力尽きたようにクタクタと座り込んでしまった。それを支え、彼はもう一度互いの全身をシャワーで流し、やがて立ち上がって身体を拭いた。

全裸のまま部屋に戻って添い寝し、彼は甘えるように恵理子に腕枕してもらった。

「また勃《た》っちゃった」

「私は、もう今日は充分です。またしたら歩けなくなりますので……」

「じゃ指で可愛《かわい》がってね」

高志は言い、彼女の手を握ってペニスに導いた。

すると恵理子も柔らかな手のひらに包み込み、ニギニギと愛撫してくれた。

「ああ、気持ちいい……。ね、上から唾を垂らして」

仰向けのまま彼女を上にさせて言うと、恵理子も唾液を分泌させ、形良い唇をすぼめて迫った。オシッコまで飲まれたのだから、唾液ぐらいすぐくれるようだ。

白っぽく小泡の多い唾液がトロリと吐き出されると、彼は舌に受けて味わい、うっとりと喉を潤した。

「顔に、思い切りペッて吐きかけて」

「出来ません、売れっ子の先生に……」

「何とかお願い。君が他の男に決してしないことをされたい」

懇願すると、彼女も手の中のペニスが強ばりを増し、本心から望んでいるのが分かったのか、また唇に唾液を溜めた。

そして息を吸い込むと顔を寄せて止め、ペッと勢いよく吐きかけてくれた。

「ああ、もっと強く……」

さらに言うと恵理子も強めに吐きかけてくれ、彼は顔中にかぐわしい息を受け、生温かな唾液の固まりをピチャッと鼻筋に受けて興奮を高めた。

「ああ、こんなことするなんて……」

恵理子は息を震わせて言い、高志も花粉臭の刺激を含んだ吐息を嗅ぎながら高まった。

「いきそう。お口でしてくれる？」

言うと、恵理子もすぐに移動してくれた。

彼は自ら両脚を浮かせて抱え、腹這いになった恵理子の顔に尻を突き出した。

「ここ舐めて」

尻の谷間を広げて言うと、恵理子は厭《いと》わずチロチロと肛門を舐めてくれ、自分がされたようにヌルッと潜り込ませてくれた。

「あう、気持ちいい……」

高志は妖しい快感に呻き、モグモグと味わうように美女の舌先を肛門で締め付けた。

恵理子も熱い鼻息で陰嚢をくすぐりながら、内部で舌を蠢かせてくれた。

あまり長く舐めてもらうのは申し訳ない気がし、脚を下ろすと彼女も自然に舌を引き離し、そのまま陰嚢を舐め回してくれた。

二つの睾丸が舌で転がされ、袋全体が生温かな唾液にまみれると、彼女も自分から肉棒の裏側を舐め上げてきた。

先端まで来ると丸く開いた口で、モグモグとたぐるように喉の奥まで呑み込み、自分の処女を奪ったペニスを慈しむように吸ってくれた。

「ああ……」

高志は吸引と舌の蠢きに喘ぎ、ズンズンと股間を突き上げはじめた。

「ンン……」

恵理子も喉の奥を突かれて小さく呻きながら、顔を上下させてスポスポと強烈な摩擦を開始してくれた。

股間を見ると、メガネの真面目そうな美人編集が、一心不乱におしゃぶりしている。

もう彼も我慢せず、股間に熱い息を受けながら快感を味わい、たちまち二度目の絶頂を迎えてしまった。

「い、いく……、アアッ……！」

高志は快感に貫かれて喘ぎ、ありったけの熱いザーメンをドクンドクンと勢いよくほとばしらせた。

「ク……、ンン……」

喉の奥を直撃され噎せそうになって呻きながらも、恵理子は摩擦と吸引、舌の蠢きを続行してくれた。

高志は快感を味わい、心置きなく最後の一滴まで出し尽くし、満足しながら力を抜いていった。

恵理子も、頬をすぼめて全て吸い出してから動きを止め、亀頭を含んだまま、口に溜まったザーメンをコクンと一息に飲み干してくれた。

「あう」

喉が鳴ると同時に口腔がキュッと締まり、彼は駄目押しの快感に呻いてピクンと幹を震わせた。

ようやく恵理子もスポンと口を離し、なおも幹をニギニギしながら尿道口に脹らむ余りの雫まで、丁寧に舐め取って綺麗にしてくれたのだった。

「も、もういい、有難う……」

高志はクネクネと腰をよじらせ、過敏に幹を跳ね上げながら降参するように言った。

やっと彼女も舌を引っ込め、ヌラリと淫らに舌なめずりしながら添い寝し、彼の呼吸が整うまで胸に抱いてくれた。

「不味くなかった?」

「ええ、平気です……」

訊くと彼女が答え、高志は甘い吐息を嗅ぎながら余韻を味わったのだった。

4

「じゃ駅まで送っていくから、気をつけて帰るんだよ」

高志は、レストランで食事を終えてから恵理子に言った。

ビールにワインに洋食で夕食を済ませ、処女を失った恵理子は表情も仕草も、さらに艶《あで》やかになっていた。

「ええ、また次作の打ち合わせに伺います」

恵理子も笑みを含んで答え、一緒に駅へと向かった。

すると、その途中で近道のため公園を横切ろうとすると、いきなり二人の男が迫ってきたのだ。

派手な服を着た二十歳前後の不良で、見るからに頭の悪そうな顔つきをしている。

「ねえ、金貸してくれない」

二人が近づいて言い、暗い周囲には誰もいなかった。

恵理子は、若いが凶悪そうなオヤジ狩りに恐ろしげに高志に寄り添ったが、彼は落ち着いて二人を睨み付けた。

「お前ら、一緒に地獄へ堕ちろ！」

言われた途端、ビクリとした二人は毒気を抜かれたように顔を見合わせ、

「そ、それもそうだな。殺し合おう」

言うなり、互いの首を渾身《こんしん》の力で絞めはじめたのである。

「うぐ……！」

二人は呻きながら、強く首を絞め合って膝を突いた。

「じゃ行こうか」

高志は恵理子を促して言い、一緒に公園を抜けて駅前に出た。

「あ、あの二人、どうなったんですか……」

恵理子が恐々と振り返って言う。

「ああ、ヤク中で錯乱しているんだろう」

高志は苦笑して言い、改札まで行った。

あのまま不良の二人は首を絞め合い、同時に絶命することだろう。警察も、仲間割れと思うだけである。

「先生落ち着いてましたね。何だか、正義の味方みたいに。私、今日のこと一生忘れません……」

恵理子が熱っぽい眼差しを向けて言った。

「ああ、じゃ気をつけて帰りなさい」

高志が言うと、彼女は辞儀をして改札に入っていった。そしてもう一度振り向いて手を振り、階段を上っていった。

彼も家まで歩いて帰りはじめると、公園脇にパトカーが止まっていた。

通行人が通報したのだろうが、もう済んだようで、あの二人は黄泉の国で余罪を調べられてから、何兆年ばかりか地獄に堕ちて苦しむことだろう。

帰宅すると部屋が明るく、談笑する声が聞こえていた。

驚いて入ると、何と茶の間に作務衣姿の淫魔大王とヨモツシコメの喜世美が、高志秘蔵の越乃寒梅を飲んでいるではないか。

もちろん多くの力を与えてもらっているのだから、ケチな感情は湧かない。

それより、もう一人見覚えのある男が仏頂面で座っていたのだ。

黒い洋装に脇差、涼しげな二枚目。これは正に写真に残っている、三十五歳で死んだ土方歳三ではないか。

「ひ、土方さん……」

高志が言って座ると、歳三がジロリと彼を見た。

「不逞《ふてい》浪士でも斬れるかと思って付いてきたが、ただの宴会なら帰る。黄泉の国で近藤と話している方が良い」

歳三が言って立ち上がると、喜代美もすぐに立って井戸まで彼を見送りに行った。

「ああ、さっきはご苦労。あの二人はオヤジ狩りの常習犯でな、十兆年ばかり地獄で苦しめる」

淫魔が言い、盃《さかずき》を差し出してきたので高志も受け取り、自分の酒だが飲んだ。卓袱《ちゃぶ》台《だい》に並んでいるツマミは、漬け物ぐらいだ。

「まさか、土方さんがいるとは驚きました」

「黄泉の国にとどまっているものが、地上に出られるのはこの家の敷地だけなのだ」

「じゃこの家でのインタビューなら難なく出来ますね」

「ああ、そのうち呼んでやるさ」

淫魔が丸メガネを押し上げ、スキンヘッドの頭を撫でながら答えた。

「それより、地獄へ堕とす奴らは最低でも日に三人ぐらい頼む。性戯を磨くのも良いが、世の悪を無くすのだ。正義のために！」

「分かりました。しばらく仕事も暇なので、明日から外へ出て物色します」

高志が言うと、歳三を送っていった喜世美が戻って座った。

「昼間の女、すごく感じていたわ」

喜世美が言う。やはり姿を消し、一部始終を見ていたらしいが、その可憐な顔に嫉妬の色はない。

高志も、恵理子の肉体は堪能したが、まだまだ淫気はくすぶっているので、今夜はこの人ならぬヨモツシコメの美少女を相手にしようと思った。

「さて、酒も空になったか。馳走《ちそう》になった。今度はヨモツシコメたちが米を含んで作った、口嚙み酒を持ってきてやろう」

「わあ、楽しみです」

高志が言うと淫魔は立ち上がり、フラつきながら柱にゴンと頭をぶつけ、

「いてててて……」

額をさすりながら出ていった。もう喜世美も送りに出ることなく、手早く後片付けをしてくれた。

「明日は？」

「うん、出版社と書店を回って、その道々でダメ男たちを地獄へ堕とし、目当ての女でも探すとしよう」

高志は服を脱ぎながら言い、勃起したペニスを露わにした。

すると喜世美も淡いレモン色の衣を脱ぎ、すぐにも彼に寄り添ってきた。

抱きすくめると、見た目は美少女だがこの世のものならぬ喜世美が唇を重ね、チロチロと舌をからめてきた。

湿り気ある甘酸っぱい吐息に、ほんのり酒の香気が混じり、その刺激が鼻腔から甘美に胸に広がっていった。

そして添い寝し、互いの股間に指を這わせながら、今宵は、どのような行為で締めくくろうかと彼は思いを巡らせるのだった。

5

「まあ先生、お久しぶりです」

翌日の昼過ぎ、高志が出版社を訪ねると、奈美子《なみこ》が顔を輝かせて言った。

恵理子とは別の社で、彼の元担当だった彼女、福原《ふくはら》奈美子は産休で休んでいたのが復帰したようだ。

二十九歳で旦那とは別居中、赤ん坊は彼女の実家に預けているらしい。

「復帰して最初の仕事は、先生に雑誌コラムをお願いしようと思っていたんです」

「そう、ちょうど良かった。じゃ打ち合わせようか」

高志は言い、編集長にだけ挨拶すると、奈美子と一緒に社を出て喫茶店へ行った。

「半年ぶりになりますか」

「うん、休職のときはだいぶおなかが大きかったよね」

高志は言い、ショートカットの美形で、ブラウスの胸がはち切れそうな巨乳に股間を熱くさせた。

「女の子が産まれました」

「そう、ギャンブラーの旦那は？」

「別れたいけど音信不通です。養育費も寄越さないし、どこかで死んでくれれば保険金でも入るのですけど」

奈美子が嘆息して言い、もう愛情などは微塵《みじん》もないようだ。夫は、元はエリート社員だったが、賭け事の借金トラブルでクビになっていた。

「それよりコラム連載ですが、過去に戻れたら誰に会いたいかというテーマはいかがでしょう」

「ああ、いいね。それにしよう」

何しろ歴史上の人物に直《じか》にインタビューできるので、その連載は打って付けだった。

やがて二人はコーヒーを飲み、少し雑談もしてから喫茶店を出た。

すると、そこへ一人の見窄《みすぼ》らしい男が現れ奈美子の前に立ったのだ。

「奈美子、金貸してくれ」

「何を言ってるの。赤ん坊も見に来ないで」

どうやらダメ夫らしい。

「あんたでもいい。一万でいいんだ」

夫は高志にも目を向けて言った。

「地獄へ堕ちろ」

高志が睨んで言うと、彼は目を丸くし、オドオドと立ち去ってしまった。

「済みません、みっともないところを……」

「いや、間もなく保険金が入るだろう。それでいいね？」

「本当にそうなったら嬉しいです。生きてるだけで迷惑な男なので、何の未練もありませんから」

奈美子が言い、

「それにしても先生、凄味《すごみ》があるんですね。彼は喧嘩《けんか》自慢なのに、ひと睨みで逃げていきました」

「ああ、それより時間があるなら付き合って欲しいんだけど」

「構いません。今日は復帰の挨拶で出社しただけですし、私ももっと先生といたいです」

「じゃそこへ入ろう」

高志は駅裏にあるラブホテルを指して言い、促して歩きはじめた。

「でも……」

奈美子はためらったが、妊娠して以来夫婦の交渉もなく相当に欲求が溜まっているようだった。

そして淫魔の力に操られ、やがて彼女も従い、一緒にホテルに入った。

部屋を選んで金を払い、キイを受け取ってエレベーターで五階まで上がった。

密室に入ったところで、彼のスマホが鳴った。出ると、淫魔大王からだ。

「さっきの男な、ビルから飛び降りた奴に激突されて二人とも死んだ。飛び降りたのは逃亡犯だ」

「そうですか、分かりました」

高志は答えて携帯を切った。不慮の事故なら、難なく保険金は入るだろう。

「じゃ脱ごうか」

彼は奈美子に言い、自分から手早く脱いでいった。

すぐ分かることだから、情事の前に訃報を伝えることはない。この時点で奈美子は未亡人に成り立てだが、彼女はまだ人妻の気持ちでいるから、クズ夫とはいえ、その方が背徳感も高まるだろう。

彼女も意を決してモジモジと脱ぎはじめると、生ぬるく甘ったるい匂いが揺らめいた。

もちろん互いにシャワーなど浴びなくても、すでに奈美子も待ちきれないほどの淫気に包まれているようだった。

先に全裸になり、ベッドに横になって待つと、やがて奈美子も最後の一枚を脱ぎ去り、一糸まとわぬ姿で添い寝してきた。

高志は甘えるように腕枕してもらい、腋の下に鼻を埋めながら、見事な巨乳に手を這わせると、

「アア……！」

すぐにも奈美子が熱く喘ぎ、クネクネと身悶えはじめた。

腋の下には何と色っぽい腋毛が淡く煙って生ぬるく湿り、濃厚に甘ったるい汗の匂いが籠もっていた。

恐らく妊娠からずっと、夫もいないので手入れしていなかったのだろう。

彼は鼻を擦りつけて匂いを貪り、移動してチュッと乳首に吸い付いていった。

「ああ、いい気持ち……」

コリコリと硬くなった乳首を舌で転がすと、彼女がうっとりと息を弾ませて言った。

高志は左右の乳首を交互に含んで舐め回し、顔中で柔らかな巨乳の感触を味わった。

しかも吸ううち、彼の舌を生ぬるく薄甘い乳汁が濡らしてきたのだ。

（ぽ、ぽにゅーっ……！）

彼は嬉々《きき》として喉を潤し、左右とも赤ん坊の分まで母乳を吸った。

「アア……、飲んでるんですか……」

奈美子も朦朧となって喘ぎ、分泌を促すように巨乳を揉《も》んでくれた。

高志は心ゆくまで、美女の母乳を吸い尽くし甘ったるい匂いで胸を満たした。

やがて白く滑らかな肌を舐め降り、臍を探って張り詰めた下腹の弾力を味わい、豊満な腰のラインから脚を舐め降りていった。

すると脛にもまばらな体毛があり、野趣溢れる魅力に興奮が高まった。

足首まで舐め降りて足裏に回り込み、踵から土踏まずを舐め回すと、

「あう、いけません……」

奈美子が腰をくねらせて呻いたが、激しく拒むことはしなかった。

生ぬるい汗と脂に湿った指の股に鼻を割り込ませて嗅ぐと、昨日の恵理子以上にそこはムレムレの匂いを沁み付かせていた。

悩ましく鼻腔を刺激されてから、爪先にしゃぶり付き、両足とも全ての指の股に舌を潜り込ませて味わった。

6

「アア……、ダメ……」

奈美子が脚を震わせ、何度もビクッと仰け反って喘いだ。

爪先の味と匂いを貪り尽くすと、彼は股を開かせて脚の内側を舐め上げ、ムッチリと量感ある内腿をたどって股間に迫った。

股間の丘には黒々と艶のある恥毛が情熱的に濃く茂り、肉づきが良く丸みを帯びた割れ目からは、やや濃いピンクの陰唇が縦長のハート型にはみ出していた。

指で広げると、出産して間もない膣口が襞を震わせて息づき、母乳に似た白っぽい本気汁を漏らしていた。

包皮を持ち上げるようにツンと突き立ったクリトリスは、何と恵理子より大きく、親指の先ほどもあった。

彼は顔を埋め込み、柔らかな茂みに鼻を擦りつけて嗅いだ。蒸れた汗とオシッコの匂いに、大量の愛液による生臭い成分も混じり、悩ましく鼻腔を満たしてきた。

嗅ぎながら舌を這わせ、淡い酸味に濡れた膣口を掻き回し、大きなクリトリスまで舐め上げていくと、

「アアッ……、い、いきそう……！」

奈美子が顔を仰け反らせて喘ぎ、内腿でキュッときつく彼の両頬を挟み付けてきた。

高志は乳首でも吸うように、突き立ったクリトリスを唇に挟み、小刻みに舌で弾いた。

愛液の量が増し、彼は味と匂いを堪能してから、彼女の両脚を浮かせて白く豊満な尻に迫った。

谷間の蕾は、出産で息んだ名残かレモンの先のように突き出て、これも美貌からは想像もつかないギャップ萌《も》えとなった。

鼻を埋めて嗅ぐと、やはり蒸れた汗の匂いが濃く籠もり、舌を這わせてヌルッと潜り込ませると、

「あう……！」

奈美子が呻き、キュッと肛門で舌先を締め付けてきた。やはりクズ夫は、足指や肛門など舐めないダメ男らしく、彼女は違和感と刺激に蕾を収縮させた。

彼も舌を蠢かせ、微妙に甘苦く滑らかな粘膜を探ってから、ようやく脚を下ろして顔を上げた。

「今度は僕のを可愛がって」

言いながら仰向けになると、ハアハア喘いでいた奈美子もノロノロと身を起こして移動し、熱い息を股間に籠もらせながら先端にしゃぶり付いてきた。

張り詰めた亀頭にも舌を這い回らせ、そのままスッポリと喉の奥まで呑み込んだ。

「ああ、気持ちいい……」

受け身に転じた高志が喘ぎ、唾液にまみれた幹をヒクヒク震わせた。

小刻みに股間を突き上げると、

「ンン……」

奈美子は小さく呻き、顔を上下させてスポスポと摩擦してくれた。

「い、いきそう、跨いで入れて……」

絶頂を迫らせた彼が言うと、すぐに奈美子もスポンと口を離して顔を上げ、身を起こして前進してきた。

気が急くように跨がると、先端に割れ目を押し当て、息を詰めて腰を沈み込ませた。

たちまち彼自身は、ヌルヌルッと滑らかな肉襞の摩擦を受けながら根元まで呑み込まれていった。

「アアッ……、いいわ、奥まで感じる！」

座り込んだ奈美子が、久々のペニスを受け入れて喘ぎ、すぐにも身を重ねてきた。

高志も両手で抱き留め、膝を立てて豊満な尻を支えながらズンズンと股間を突き上げはじめた。

彼女が合わせて腰を遣い、味わうようにキュッキュッと締め付けた。

互いに股間をぶつけ合うように激しく動きながら、唇を重ねると奈美子の方からヌルッと舌を潜り込ませてからみつけてきた。

生温かな唾液に濡れた舌の蠢きを味わい、「唾を垂らして……」

口を触れ合わせたまま囁《ささや》くと、奈美子も懸命に分泌させトロトロと口移しに注いでくれた。生温かく小泡の多い唾液で、うっとりと喉を潤すと、

「アア……、いきそう……」

奈美子が口を離して熱く喘ぎ、股間をしゃくり上げるように激しく動かしてき

た。

彼の胸に巨乳が押し付けられて弾み、恥毛が擦れ合い、コリコリする恥骨の膨らみも伝わってきた。

彼女の吐息はシナモン臭に似た刺激を含み、鼻腔を掻き回してきた。

見ると、また濃く色づいた乳首からは母乳の雫が滲んでいた。

「顔にかけて……」

囁くと、彼女も胸を突き出して乳首をつまみ、ポタポタと母乳を滴らせてくれた。

それを舌に受けて味わったが、無数の乳腺から霧状になったものも顔中に降りかかり、甘ったるい匂いに包まれた。

やがて出が悪くなると、

「唾も出して顔中ヌルヌルにして……」

彼は突き上げを強めていった。

すると奈美子も舌を這わせ、というより吐き出した唾液を舌で彼の鼻筋や頰に塗り付けてくれた。

たちまち顔中が、美女の母乳と唾液でヌラヌラとまみれ、混じり合った匂いに彼は高まった。

するとと先に、奈美子の方がガクガクと狂おしいオルガスムスの痙攣を開始したのだ。

「い、いく……、ああーッ……！」

声を上ずらせ、膣内の収縮を最高潮にさせながら乱れに乱れた。

高志も、膣内の艶めかしい収縮に巻き込まれ、そのまま昇り詰めてしまった。

「く……！」

突き上がる大きな快感に呻き、熱い大量のザーメンをドクンドクンと勢いよくほとばしらせると、

「あう、感じる……」

奥深い部分に噴出を受けた奈美子が、駄目押しの快感に呻いてキュッと締め上げた。

あとは互いに無言で快楽を味わい、彼は最後の一滴まで出し尽くすと、徐々に突き上げを弱めていった。

「ああ……」

奈美子も満足げに声を洩らし、肌の硬直を解いて力を抜きながら、グッタリと

体重を預けてきた。

高志はボリュームある美女の温もりと重みを受け止めながら、まだ名残惜しげにキュッキュッと収縮する膣内で、ヒクヒクと過敏に幹を震わせた。

「ああ、良かったです、すごく……。でも先生としてしまうなんて……」

奈美子が息を震わせて言い、彼は美女の悩ましい匂いの吐息を胸いっぱいに嗅ぎながら、うっとりと快感の余韻に浸り込んでいったのだった。

7

「何だかサイレンがうるさいですね……」

シャワーを浴びて身繕いすると、奈美子が言った。

「事故でもあったんだろうね」

高志は答え、一緒にラブホテルを出た。

すると近くのビルの前が騒然となり、野次馬の会話が聞こえてきた。

「飛び降り自殺だってよ。下にいた人にブチ当たったらしい」

どうやら、淫魔の言った通りになったようだ。逃げ切れないと諦めて飛び降りた逃亡犯は、すぐ判明することだろう。

「旦那は、身分証とか持っている？」

「ええ、免許証があるから」

訊くと、奈美子も妙な胸騒ぎを感じたように、小さく答えた。

それなら身元は割れ、すぐにも奈美子に連絡が入るに違いない。

「じゃ僕は帰るので」

「ええ、私もこれで実家に戻ります」

言うと彼女も答え、二人は駅前で別れた。

高志が電車に乗ると、座って脚を組んでいる男の爪先が彼の膝に触れた。

「混んでるのに脚を組むな、虫ケラめ」

「何だと、このジジイ！」

会社帰りらしい若いサラリーマン風の男が怒気を漲らせ、勢いよく立ち上がって高志に詰め寄った。体つきからして運動部上がり、後輩を怖がらせていたような顔だが、今は新米サラリーマンでストレスが溜まっているのだろう。

「地獄へ堕ちろ」

睨んで言い、彼がその席に座ると、

「は、はい……」

男は魂を抜かれたように呆《ほう》けた顔になって答えた。そして次の駅で飛び降りると、どこかへ走り去っていった。

周囲の乗客も、平凡そうな還暦男の意外な度胸を、見直したように見つめていた。

と、そこへ淫魔からラインが入った。電車にいるのを知っているらしく、会話は控えたようだ。

「今の男は駅の階段から転げ落ちて死ぬ。後輩ＯＬにセクハラしている奴だが、他に多くの罪はないので、地獄送りは十億年ぐらいにしておく」

ラインにはそう書かれ、彼も親指を立てたスタンプを返信しておいた。

これで今日は三人地獄へ堕ちたので、ノルマ達成である。

電車を降り、日も暮れてきたので、どこかで一杯やり、コラムの構想でも練りながら一人飯にしようかと思ったか、そこへ喜世美が姿を現した。

淡いレモン色の衣を着た美少女を街で見るのは異様である。彼女だけは高志の付き人なので、家の敷地の外へも自由に出られるようだった。

「ご馳走作ってあるので家で」

「うん、じゃ帰ろう」

喜世美の姿は他の人には見えないので、彼も短く答えて一緒に家まで歩いた。

帰宅すると、また淫魔大王が来ていて宴会となっていた。

ご馳走と言っても、淫魔が好きらしくロースカツと焼き鳥の皮、刺身の中トロと焼きそばなどが並んでいた。

飲んでいるのは白い酒なので、前に言っていたヨモツシコメの口嚙み酒であろう。

「おお、帰ったか、まあ飲め飲め」

淫魔が杯を差し出し、徳利から注いでくれた。白っぽく小泡の浮いた酒で、味わうと生ぬるく、あまり味はなく粥を唾液で薄めたような感じである。

それでも、アルコール分が入っていることは喉ごしで分かった。

「誰か呼びたい人物はいるか」

「近々連載が始まるので、明日にも会いたい人のリストを作っておきますね」

高志は答え、カツや焼き鳥をつまみ、喜世美も相伴した。

するとスマホが鳴り、出てみると奈美子だった。

「先生、今お電話いいですか?」

「うん、いいよ、今帰ったところ」

「うちの人が死にました。さっき連絡があって、警察に見にいってきました」

奈美子が声を弾ませて言い、ざっと事情を説明した。

「そう、明日にも生保に連絡を取るといい」

「はい、そうします。早々と離婚しておかなくて良かったです」

彼女が言い、やはり微塵も悲哀の様子はなかった。

「私、何だか先生が幸運を呼んでくれたような気がしています」

「そんなことないよ。しばらく忙しいだろうけど、また落ち着いたら会おう」

「はい、ではまた」

奈美子は言って電話を切り、高志も食事を続けた。

「他にも、働かず養育費も払わんゴミクズが多いだろう。どんどん地獄へ送ってくれ」

「ええ、そうします」

彼は淫魔に答え、口嚙み酒で喉を潤した。

やがて淫魔も良い気分で立ち上がり、フラつきながら帰ってゆくと、喜世美が手早く後片付けをしてくれた。

「じゃ、いいかな」

高志は全裸になり、ほろ酔いで淫気を湧かせながら言うと、すぐに喜世美も衣を脱ぎ去ってくれた。

二人は布団に横たわり、彼は喜世美を抱きすくめた。

「ああ、喜世美がこの世で二番目に好きだ」

高志は言いながら、ピッタリと唇を重ねていった。

一番はかつての恋人、死んだ清美だが、考えてみれば清美も喜世美も、この世の人ではないのだ。

強いて言うなら、この世で一番好きなのは全ての、目の前にいる女性であり、あの世で好きなのが二人ということになる。

「ンン……」

喜代美は熱く鼻を鳴らし、そんなことどっちでも良いという風に熱く甘酸っぱい息を弾ませた。

そして充分に舌をからめてから離れ、彼女はペニスにしゃぶり付いてシックスナインの女上位になり、彼も喜世美の割れ目に顔を埋めてクリトリスを舐めた。

股間に熱い息を籠もらせながら、互いに最も感じる部分を舐め合い、やがて向き直って交わった。

「アアッ……、いい気持ち……」

喜世美が深々と彼自身を受け入れて喘ぎ、キュッキュッときつく締め付けてきた。

高志も温もりと感触を味わいながら、すぐにも腰を突き動かし、やがて同時に昇り詰めていったのだった……。

第三話　面影の女子大生

1

「なるほど、無辜《むこ》の民を戦乱に巻き込みたくなくて、流山《ながれやま》で投降したわけですね」

「左様……」

高志が訊くと、近藤勇が重々しく頷いた。

「しかし、なお心を燃やしたまま黄泉の国にとどまっているわけですか。分かりました、有難うございます」

高志は言い、メモ帳を置くと深々と頭を下げた。

「ではこれにて」

勇は言って立ち上がり、ヨモツシコメの喜世美に連れられて、高志の茶の間から出ていった。

「ずいぶん呼び出したなあ」

残った淫魔大王が酒を飲みながら言った。

「ええ、おかげさまで、信長、秀吉、三成、家康、北斎から近藤さんにまで貴重なお話が伺えました。本当は美女たち、小町や巴御前や静御前、お市の方やガラシャ夫人なども呼んで欲しかったのですが」

「ああ、女は新たな人生を求めて転生を願うのだ。いつまでも夢に執着するのは男ばかりでな」

淫魔が言うと、間もなく喜世美も戻ってきた。確かに、歴史上の美女との話は興味があるが、抱けるかどうかというと、それは別の問題である。

とにかくここ数日、高志は編集の奈美子に依頼された新コラム、歴史インタビューにかかり切りになっていた。

「じゃ、まだ宵の口なので、久々に外へ行ってきますね」

「そうか、気に入らん奴をどんどん地獄へ送り込んでくれ。いてててて！」

酔いにフラつきながら立ち上がった淫魔が、ゴツンと柱に頭をぶつけた。

それを喜世美が支え、縁側から庭に出て、黄泉の国に通じる井戸へ戻っていった。

見送った高志は戸締まりをし、暮れ始めた外へ出た。

一人飯というのも寂しいが、淫魔と一緒にあれこれつまんでいたので、それほど空腹ではない。それでも籠もりきりで、会ったのはこの世のものでない人たちばかりだったから人恋しいのである。

と、公園に差し掛かったとき、高志は一人の女性が男たちに囲まれ、困っているのを見て駆け寄った。

「なあ、少しでいいから付き合ってくれよ。奢《おご》るからさあ」

三人が女性の退路を塞ぎながら迫っていたが、その顔を見た途端、

「き、清美……！」

高志は思わず声に出して目を丸くした。

それは四十年近く前、二十歳で死んだ高志の最初の、いや唯一無二の恋人清美に生き写しではないか。

「何だ、このオッサン」

三人も気づき、その隙に彼女が輪を抜け出して高志の背後に回り込んできた。

「助けて下さい。からまれて困ってます」

彼女が言い、高志も気を取り直して三人を睨み付けた。

「からまれてるはないだろう。一緒に食事でもしようと言っただけだ。おいオッサン、その目は何だ。俺たちとやろうってのか」

三人とも、いかにも頭の悪そうな二十歳前後のツッパリだ。

「お前ら三人、地獄へ堕ちろ」

言い放つと、三人はビクリと身じろぎ、いきなり公園の池へと飛び込んだ。そして絶息するまで顔を上げなかったのである。

「さあ、行こうか。途中まで送るよ」

「え、ええ……、あの人たちは……」

「ああ、酔っ払ってるんだろう。構うことはない」

促して公園を出ると、高志のスマホが鳴った。出ると、淫魔である。

「ああ、今の三人は地獄で十兆年ばかり苦しめる。前に三人で女性をレイプした前科があるんだ。奴らの命と引き替えに、被害者の女性には絶大な幸運を送っておいた」

「そうですか、それは良かったです」

高志は言ってスマホを切った。

「あの、さっき私を見て、清美と呼びましたね……？」

彼女も、ようやく気を取り直したように言った。

「ああ、知ってる女性に瓜《うり》二つだったんだ。もうその人はいないのだけど」

「もしかして、小西《こにし》清美なら私の大叔母なんです。祖母から、あの頃の清美さんにそっくりだと言われていましたので。私は沙也香《さやか》と言います」

「え……？」

言われて高志は驚いた。

詳しく聞くと、沙也香の祖母が、死んだ清美の姉だったのである。

そして沙也香は、清美が死んだ年齢、二十歳の女子大生ということだった。

「そ、そうだったのか……」

「では、あなたは小野高志さん？　祖母から聞いてます。死んだ妹に恋人がいたって」

「そうです。小野です」

彼は答えた。してみると清美は、恋人が出来て幸せだった頃のことを何かと姉に話していたのだろう。

「わあ、やっぱり。私おばあちゃん子だったから、良く聞かされていました。すごい巡り合わせですね。大叔母の恋人に助けられるなんて」

沙也香が、笑みを浮かべて言う。

清美が生きていれば五十七歳、その姉だから沙也香の祖母は高志ぐらいの歳だろう。それが、もうこんな大きな孫がいるのだから、祖母もその娘も早い結婚だったようだ。

もう小西家は地方に引っ越し、沙也香は一人で女子大近くのハイツで暮らしているようだった。

それにしても、見れば見るほど清美にそっくりである。

長い黒髪に黒目がちの眼差し、浮かぶ笑窪《えくぼ》に清楚な服装、膨らみはじめた胸。

二十歳とはいえ、まだ少女の面影を残しているのも良く似ていた。

（まだ処女なのかも……）

高志は、死んだ清美が甦《よみがえ》った心地で一緒に歩くと、沙也香のハイツに着いた。

「ここです。お茶でもどうぞ。祖母の写真もあるので」

言われて、高志も一階の右端にある部屋に招かれるまま入っていった。

清潔なキッチンにワンルームタイプ、奥の窓際にベッドがあり、手前に学習机と本棚、食事用のテーブルにテレビ、冷蔵庫などが機能的に配置されている。

そして室内には、生ぬるく甘ったるい思春期の匂いが悩ましく立ち籠めているが、彼女自身は気づかないのだろう。

沙也香はテーブルの椅子をすすめてお湯を沸かし、写真を出して見せてくれた。

前に帰省したときのスナップらしく、なるほど、清美に似た六十年配の気品ある女性が沙也香の祖母、清美の姉であろう。

姉と高志は面識はなかったが、何かと清美から話を聞いていたようだった。

2

「家に行けば清美さんの写真も残っているけど、今あるのはこれだけです」

「そう、有難う」

高志は言い、清美の姉や娘の並んだ写真を見て、あのまま彼女が病死せず高志と結婚していれば、この面々と親族になっていたのだなと思った。

やがて湯が沸き、沙也香が紅茶を淹れてくれた。

「私決めました」

「え？　何を？」

いきなり沙也香が言うので、高志は驚いて彼女を見た。

「私、小野さんに処女を捧《ささ》げます」

「そ、そんなこといきなり決めない方が」

高志は咎《とが》めるように言ったが、どうしようもなく股間が熱くなってきてしまった。

清らかな思い出である清美を汚すような気がするのだ。しかし、もし彼女が生きていれば、結局は肌を重ねていただろう。

それにしても沙也香が、二十歳まで処女というのも奇蹟《きせき》である。

「私、うんと年上の男性が好きなんです。それで今まで誰とも縁がなかったのですけど、清美さんとは、したのですか」

可憐な顔をしながらも、沙也香が大胆に訊いてきた。

「いや、途中までで、結局最後まではしていないんだ」

「じゃやっぱり、清美さんは処女のまま逝ったのですね。私はそれは嫌です。そっくりなら、私のことも嫌ではないでしょう？」

「そ、それはもちろん……」

答えながら、いつしか高志の股間が痛いほどピンピンに突っ張ってきてしまった。

激しい勃起を自覚すると、もう彼の心からためらいは吹き飛んでいた。

顔形はそっくりでも、やはりこれは清美ではなく現代っ子で、好奇心いっぱいの女子大生なのである。

「じゃ私、急いでシャワー浴びてきますね」

「い、いや、それは後回しでいい」

沙也香が腰を浮かせると、高志は本来の自分に戻って引き留めた。

「僕らの昭和時代は、アパートにお風呂なんかなかったし、夢中で戯れたんだからね」

「でも、今日は体育もあったし、ずいぶん動き回って汗ばんでます……」

その気満々だった沙也香が、急に羞《は》じらいを見せて尻込みした。

「僕は、さっきシャワーを浴びて綺麗にして来たからね」

高志は言い、自分から窓際のベッドに近づいて脱ぎはじめた。もちろん少々加齢臭がしたところで、淫魔大王の力を宿しているのだから、沙也香は全く気にならずに燃え上がることだろう。

そして淫魔の力に影響され、沙也香も諦めたように自分からブラウスのボタンを外していった。

（清美、済まない。君の姉の孫娘としてしまうよ……）

高志は思い、全裸になって沙也香のベッドに横になった。枕には、リンスや汗や涎《よだれ》の入り混じった匂いが悩ましく沁み付き、その刺激が鼻腔から股間に伝わっていった。

やがて沙也香も最後の一枚を脱ぎ去ると、向き直って羞じらいながら、急いで添い寝してきた。

高志は舞い上がりながら彼女に、甘えるように腕枕してもらった。

腋の下からは何とも甘ったるい汗の匂いが生ぬるく漂い、目の前では意外に豊かな膨らみが息づいていた。

「処女ということだけど、オナニーはしているの？」

「それぐらいは、たまになら……」

胸に抱かれながら訊くと、沙也香が緊張気味に息を詰めて小さく答えた。

「キスしたことは？」

「それならあります。女同士ですけど」

沙也香が言い、女子大生同士の戯れを想像して興奮が高まった。

もう会話は止《や》め、高志は汗ばんだ腋の下に鼻を埋め込み、ミルクに似た体臭を貪りながら、そろそろと無垢な乳房に手を這わせていった。

「ああ……」

沙也香がか細く喘ぎ、さらに甘い匂いが濃く揺らめいた。

高志は腋の匂いを貪ってから、そろそろと移動し、薄桃色の乳首にチュッと吸い付いて舌で転がし、顔中を張りのある膨らみに押し付けて感触を味わった。

そして彼女を仰向けにさせてのしかかり、左右の乳首を交互に含んで舐め回すと、

「アア、いい気持ち……」

沙也香が熱く息を弾ませて喘ぎ、クネクネと身悶えはじめた。

高志も興奮しながら両の乳首を味わい、白く滑らかな肌を舐め降り、愛らしい縦長の臍を探り、ピンと張り詰めた下腹に顔を押し付けて弾力を味わった。

もちろん股間は後回しにし、腰から脚を舐め降りていった。

ときに清美と錯覚するが、これは現代の沙也香という女子大生なのだと彼は自

分に言い聞かせて愛撫を続けた。

足首まで、スベスベの脚を舐め降りて足裏にも舌を這わせ、縮こまった指の間に鼻を割り込ませて嗅ぐと、そこは生ぬるい汗と脂にジットリ湿り、ムレムレの匂いが沁み付いて鼻腔を刺激してきた。

充分に嗅いでから爪先にしゃぶり付き、順々にヌルッと指の股に舌を潜り込ませて味わうと、

「あう、ダメです、汚いのに……」

沙也香がビクリと反応して呻いた。

構わず足首を摑んで押さえつけ、彼は全ての指の間をしゃぶり、もう片方の爪先も味と匂いが薄れるまで貪り尽くしてしまった。

そして大股開きにさせ、脚の内側を舐め上げ、ムッチリした白い内腿をたどって股間に迫っていった。

股間には熱気と湿り気が籠もり、見るとぷっくりした丘には楚々とした若草がほんのひとつまみほど煙り、割れ目からはみ出す花びらは、すでにヌラヌラと大量の清らかな蜜に潤っていた。

そっと指を当てて左右に陰唇を広げると、処女の膣口が可憐に息づき、ポツン

とした尿道口も見え、包皮の下からはツンと小粒のクリトリスが突き立っていた。

3

「ああ……、恥ずかしい……」

高志の熱い視線と息を股間に感じ、沙也香がか細く喘いでヒクヒクと白い下腹を波打たせた。

もう堪らず、彼も顔を埋め込んでいった。

柔らかな恥毛に鼻を擦りつけて嗅ぐと、生ぬるく蒸れた汗とオシッコの匂いに、ほのかなチーズ臭も混じって悩ましく鼻腔を掻き回してきた。

高志は匂いを貪りながら、舌を挿し入れて膣口の襞を探った。

淡い酸味の蜜が溢れ、すぐにも舌の動きがヌラヌラと滑らかになり、そのまま柔肉をたどってクリトリスまで舐め上げていくと、

「アアッ……！」

沙也香が熱く喘ぎ、内腿でキュッときつく彼の両頬を挟み付けてきた。

高志はもがく腰を抱え、チロチロと執拗にクリトリスを舐めては、新たに溢れ

る清らかな蜜をすすった。

沙也香は、少しもじっとしていられないほどガクガクと身悶え、熱い喘ぎを繰り返していた。

さらに高志は彼女の両脚を浮かせ、オシメでも替えるような格好にさせると白く丸い尻に迫った。

谷間には、何とも可憐なピンクの蕾がひっそり閉じられ、鼻を埋めて嗅ぐと顔中に双丘が密着して弾んだ。

しかしシャワー付きトイレもない昭和時代と違い、かつての清美のように生々しい匂いは感じられず、せいぜい蒸れた汗の匂いが籠もっているだけである。

それでも熱気を貪ってから、舌先でチロチロと舐めて震える襞を濡らし、ヌルッと潜り込ませて滑らかな粘膜を探った。

「あう、ダメ……！」

沙也香が呻き、キュッと肛門できつく舌先を締め付けてきた。

高志は舌を蠢かせ、充分に粘膜を味わってから脚を下ろし、再び割れ目に戻ってヌメリをすすり、クリトリスに吸い付いた。

「も、もう、いきそう……」

沙也香が腰をよじり、絶頂を迫らせて嫌々をした。

ようやく彼女の前も後ろも味と匂いを貪り尽くし、高志は股間から這い出して添い寝していった。

「今度は、沙也香さんがしてみて……」

仰向けになって言うと、彼女も息を弾ませながら身を起こし、素直に移動していった。

大股開きになると彼女も真ん中に腹這い、股間に可憐な顔を寄せてきた。長い髪がサラリと内腿をくすぐり、彼自身は期待にヒクヒクと上下した。

「こうなっているのね。太くて大きいけれど、入るのかしら……」

沙也香は好奇心いっぱいに熱い眼差しを注いで言い、そろそろと指を這わせてきた。

同じ処女でも二十三歳の恵理子とは違い、バイブ挿入などはしていないようだ。

そして幹を撫《な》で、陰嚢をいじって睾丸を転がし、とうとう自分から身を乗り出し、先端に舌を伸ばしてきた。

粘液の滲む尿道口をチロチロと舐めて味わい、張り詰めた亀頭にしゃぶりついた。

「アア、気持ちいい。深く入れて……」

受け身になり、うっとりと喘ぐと沙也香も丸く開いた口で、スッポリと喉の奥まで呑み込んでくれた。

生温かく濡れて快適な女子大生の口腔に含まれ、彼は快感にヒクヒクと幹を震わせた。

彼女も熱い鼻息で恥毛をそよがせ、幹を締め付けて吸い、舌をからめて生温かな唾液にまみれさせた。

思わずズンズンと股間を突き上げると、

「ンン……」

喉の奥を突かれた沙也香が小さく呻き、合わせて顔を上下させた。濡れた口がカリ首をリズミカルに刺激し、スポスポと心地よい摩擦が繰り返されると、たちまち絶頂が迫ってきた。

このまま射精して処女の口を汚したい衝動にも駆られるが、やはり彼も早く一つになりたかった。

「い、いきそう……、いいよ、上から跨いで入れて……」

いうと、すぐに沙也香もチュパッと軽やかに口を離して顔を上げた。

「私が上に？」

「ああ、下から綺麗な顔を仰ぎたいので」

高志が言うと、

「いいんですよ。私を清美さんだと思って名を呼んでも」

沙也香が身を起こして前進しながら、可愛いことを言ってくれたが、さすがにそれは切なすぎる。

「いや、君は沙也香さんだよ」

「そう、実は私もその方が嬉しいです」

彼女は答え、唾液に濡れた先端に割れ目を押し当ててきた。

そして意を決して息を詰めると、沙也香はゆっくり腰を沈めてきた。

張り詰めた亀頭が処女膜を丸く押し広げると、あとは重みと潤いでヌルヌルッと滑らかに根元まで呑み込まれていった。

とうとう年齢が三分の一の女子大生と、一つになってしまったのだ。

「あう……」

沙也香が顔を仰け反らせ、僅かに眉をひそめて呻いたが、もう二十歳なのだから破瓜の痛みよりも処女を失った達成感の方が大きいようだった。

高志も、肉襞の摩擦と熱いほどの温もり、バイブを挿入していた恵理子以上にきつい締め付けと潤いを感じながら、股間に彼女の重みを受け止めた。

じっとしていても、息づくような収縮がペニスをきつく包み込み、しばし上体を反らせて硬直していた沙也香も、ゆっくりと身を重ねてきた。

高志も両手を回して抱き留め、両膝を立てて尻を支えた。

「痛くない？」

「ええ、大丈夫です……」

下から囁くと沙也香が健気《けなげ》に答え、彼は胸に密着して弾む乳房の感触を味わった。

そして彼女の首筋を舐め上げ、ピッタリと唇を重ねると、

「ンン……」

沙也香も熱く鼻を鳴らし、強く押し付けてくれた。

舌を挿し入れて滑らかな歯並びを左右にたどり、引き締まった歯茎まで舐め回すと、彼女も歯を開いて舌を触れ合わせてきた。

チロチロとからませると、生温かな唾液に濡れた舌が滑らかに蠢き、何とも心地よい感触が伝わった。

高志は夢中になって舌をからめ、徐々にズンズンと股間を突き上げはじめていった。

4

沙也香が口を離して熱く喘いだ。

「大丈夫？」

訊くと彼女が頷くので、高志も徐々にリズミカルに動きはじめてしまった。何しろ心地よいので、もう腰の突き上げが止まらなくなっているのだ。

彼女の喘ぐ口から洩れる吐息は、熱く湿り気を含み、何とも甘酸っぱい芳香がして鼻腔を刺激してきた。

喜世美に似た匂いだが、黄泉の口の妖しい果実臭と違い、沙也香の吐息はリンゴかイチゴでも食べた直後のように可愛らしく、嗅ぐたびに鼻腔が湿り、胸の奥が甘美な悦《よろこ》びに満たされた。

少女の面影を残す清らかな沙也香の、一度吸い込んで要らなくなった吐息を嗅ぐたびに高志は言いようのない幸せに包まれて酔いしれた。

「唾を垂らして。いっぱい飲みたい」

「そんな、汚いです……」

言うと彼女はためらったが、やはり淫魔の力には抗《あらが》えず、やがて口に唾液を溜めると愛らしい唇をすぼめ、クチュッと吐き出してくれた。

高志は生温かく小泡の多いシロップを舌に受けて味わい、うっとりと喉を潤した。

「ああ、美味しい。いきそう……」

彼は恥じらう沙也香に言い、絶頂を迫らせていった。

「あ、僕は種ナシだから、中出しでも心配しないで」

「ええ、大丈夫です。私もピル飲んでいますので」

不安がないよう囁くと、沙也香も答えた。

もちろん避妊ではなく、生理不順の解消のため服《の》んでいるのだろう。

動いているうち溢れる愛液に抽送が滑らかになり、ピチャクチャと湿った音が聞こえてきた。

「アア、いい気持ち……」

沙也香も腰を遣いながら喘ぎ、膣内の収縮を活発にさせていった。

やはり淫魔の力で、痛みより快楽が多く感じられはじめたようだった。

もう堪らず、彼は激しく股間を突き上げ、収縮の中、果実臭の吐息を嗅ぎながら昇り詰めてしまった。

「い、いく……！」

高志は大きな絶頂の快感に全身を貫かれながら口走り、熱い大量のザーメンをドクンドクンと勢いよくほとばしらせた。

「あう、熱いわ……！」

すると奥深い部分に噴出を感じた沙也香も声を洩らし、ガクガクと小刻みな痙攣を起こしたのである。

やはり彼の快感が伝わったように、初回から沙也香はオルガスムスを感じたらしい。

収縮と締め付けが強まり、彼は心ゆくまで快感を貪り、最後の一滴まで出し尽くしていった。

そして、すっかり満足しながら突き上げを弱めていくと、

「アア……、気持ち良かったわ……」

沙也香も喘ぎながら肌の強ばりを解き、満足げにグッタリともたれかかってきた。

まだ膣内がヒクヒクと収縮し、刺激されたペニスが過敏にヒクヒクと震えた。

「ああ、まだ動いてるわ……」

沙也香が言い、最初の男を味わうようにキュッキュッと締め上げてきた。

高志は重みと温もりを味わい、熱く吐き出される果実臭の息を胸いっぱいに嗅ぎながら、うっとりと快感の余韻に浸り込んだのだった。

しばし重なったまま互いに荒い呼吸を繰り返していたが、やがて沙也香がそろそろと股間を引き離し、ゴロリと横になってきた。

高志は枕元にあったティッシュを手にして身を起こし、手早くペニスを処理しながら、処女を失ったばかりの彼女の割れ目に顔を寄せていった。

小振りの陰唇が痛々しくはみ出し、指で広げると膣口から逆流するザーメンに、うっすらと鮮血が混じっていた。

さすがに、同じ処女でもバイブ挿入に慣れた恵理子の処女喪失とはわけが違う。

しかし出血は実に少量で、すでに止まっているようだ。

高志が優しくティッシュを当てて拭ってやると、すぐに沙也香が身を起こしてきた。

「シャワーを……」

言うので支えながら立ち、彼も一緒にバスルームに入った。

そしてシャワーの湯で互いの身体を洗い流すと、彼はすぐにもムクムクと回復してきてしまった。

床に座ると彼は目の前に沙也香を立たせ、片方の足を浮かせてバスタブのふちに乗せさせた。

「どうするの……」

「オシッコしてみて」

「無理です、そんなこと、あん……」

開いた股間に顔を埋めて舐めると、沙也香が声を洩らしてビクリと脚を震わせた。

もう、恥毛に沁み付いていた濃厚な匂いは薄れてしまったが、新たな愛液が溢れて舌の動きが滑らかになった。

「あうう、ダメ、漏れちゃいそう……」

さすがに淫魔の力に操られ、すぐにも沙也香が声を上ずらせ、柔肉の奥を妖しく蠢かせはじめた。

そして味わいと温もりが変わると同時に、

「で、出ちゃう、離れて……」

彼女は言いながらも、むしろ離さぬかのように両手で彼の頭に摑まってフラつく身体を支えた。

間もなくチョロチョロと熱い流れがほとばしり、高志は舌に受けて喉に流し込んだ。

「アア……、ダメ……」

沙也香は喘ぎ、今にも座り込みそうなほど身を震わせたが、流れの勢いは増してきた。

味も匂いも淡く上品で、何の抵抗もなく飲み込めたが、すぐにもピークを過ぎると勢いが衰え、間もなく流れは治まってしまった。

高志は残り香の中、ポタポタ滴る余りの雫を舐め取ったが、すぐにも愛液が混じりツツーッと糸を引いて滴った。

さらに柔肉を舐め回すと、溢れる愛液が残尿を洗い流し、すぐにも淡い酸味のヌメリが満ちていった。

「も、もう……」

　感じすぎた沙也香が言って脚を下ろすと、そのまま力尽きたようにクタクタと座り込んでしまった。

　それを彼は支えて椅子に座らせ、もう一度互いにシャワーを浴びた。

　そして荒い息遣いを繰り返している沙也香を立たせると、二人で身体を拭いてバスルームを出たのだった。

5

「そうだ、ママに連絡しておかないと」

　部屋に戻ると、呼吸を整えた沙也香が言い、全裸のまま椅子に座りノートパソコンのスイッチを入れた。

　すっかり勃起している高志は、すぐにも二回戦目に入りたかったが、仕方なくベッドの端に座って待った。

　沙也香は手早くキイを打ち、パソコンメールの送信をすると、さらにスマホも手にして誰かにラインしていた。

するとラインの方が、すぐ先に返信されてきた。

「初体験のこと、正恵《まさえ》さんに話したら、小野さんに会いたいって返信がありました」

「え……？」

「あ、麻生《あそう》正恵さんというのは先輩で、四年生の仲良しで、女同士でキスした人です」

沙也香が無邪気に言う。どうやら何でも話し合う仲のようで、すぐにも初体験を報告してしまったようだ。

「そう、僕も会ってみたいよ。還暦になると女子大生なんて滅多に会えないからね」

「じゃ今度セッティングしますね」

沙也香はそのように返信し、再びパソコンに向かった。

「ママから返事がありました。すぐ清美さんの写真を送ってくれるって」

沙也香が言う。

どうやら実家に、高志に会ったことを連絡したようだ。

実家には沙也香の母親と祖母が住んでいるらしく、彼女の父親は婿養子なので、実の母娘《ははこ》が家にいるようだった。母親が四十歳、祖母が六十歳というので、実に最短距離で子や孫を作っていたらしい。

「写真が来ました。大叔母の遺品にあったようです」

沙也香が言うので、高志も全裸のまま机に行って画面を見た。

そこには、喫茶店にいる二十三歳の高志と、二十歳の清美が写っていた。この写真は高志も持っていて、店員にシャッターを切ってもらったものだ。

「そう、この写真を死ぬまで持っていたんだね。他には？」

「また順々に送ってくれるはずです」

沙也香が言ったが、やはり実家でも急に写真を探し出して送信するのは時間がかかるだろう。

「ねえ、その前にもう一度……」

高志は勃起したまま言い、彼女の手を引いてベッドへと戻した。

「私、今日はもう勘弁して下さい。まだ中に何かあるような感じがしていて」

「うん、じゃ挿入はしないからね」

彼は言って添い寝し、沙也香の手をペニスに導いた。

「じゃ、指で可愛がって、いっぱい唾を飲ませて……」

言うと彼女もニギニギと愛撫し、上から唇を重ねながらトロトロと生温かな唾液を注ぎ込んでくれた。

高志はうっとりと喉を潤し、指の愛撫で最大限に膨張していった。

さらに彼女の口に鼻を押し込み、甘酸っぱく可愛らしい息の匂いに酔いしれながら急激に高まった。

「ああ、いい匂い。気持ち良くてすぐいきそう。お願い、お口でして……」

絶頂を迫らせた高志が言うと、沙也香もすぐに身を起こして彼の股間に屈み込んできてくれた。すると仰向けになった彼は、自ら両脚を浮かせて抱え、彼女の顔の前に尻を突き出した。

せがまれなくても、すぐ沙也香の方から彼の尻の谷間にチロチロと舌を這わせてくれ、熱い鼻息で陰嚢をくすぐりながら、ヌルッと肛門にも潜り込ませてきたのだ。

「あう……」

高志は妖しい快感に呻き、モグモグと味わうように二十歳の女子大生の舌先を肛門で締め付けた。

沙也香も中で舌を蠢かせてくれ、内側から刺激されたペニスがヒクヒクと上下に震えて粘液を滲ませた。

「も、もういい、有難う……」

天使のような娘に舐めてもらうのが申し訳なくなり、彼は言って脚を下ろした。

するとさやかも舌を引き離し、そのまま鼻先にある陰嚢をしゃぶってくれた。

二つの睾丸を舌で転がし、袋全体を生温かな唾液にまみれさせた。

さらにせがむように幹を動かすと、沙也香も身を乗り出してペニスの裏側を、まるでソフトクリームでも舐めるように舌を這わせてきた。

滑らかな舌が先端まで来ると、彼女は厭わず粘液の滲む尿道口を舐め回し、そのままスッポリと喉の奥まで呑み込んでいった。

「ああ、気持ちいい……」

温かく濡れた口腔に深々と含まれ、彼は喘ぎながらズンズンと小刻みに股間を突き上げはじめた。

「ンン……」

沙也香も声を洩らして熱い息で恥毛をくすぐり、口の中ではクチュクチュと舌をからめてくれた。

さらに顔を上下させ、濡れた口でスポスポと強烈な摩擦を繰り返してくれたのだ。

ひんやり湿った長い髪が股間を覆い、内部に熱い息が籠もった。恐る恐る見ると、清美そっくりな娘が肉棒を頬張り、ときに音を立てて無邪気に吸い付き、念入りに舌を蠢かせては摩擦を続けた。

「い、いく……、アアッ……！」

あっという間に絶頂に達し、高志は声を洩らしながらガクガクと身を震わせ、ありったけの熱いザーメンを勢いよくほとばしらせてしまった。

「ク……」

喉の奥を直撃された沙也香が呻き、それでも吸引と摩擦を続行しながら熱いほとばしりを受け止めてくれた。

高志は溶けてしまいそうな快感にヒクヒクと身を震わせ、心置きなく最後の一滴まで出し尽くした。

満足しながら突き上げを止めると、沙也香も動きを止め、亀頭を含んだまま口に溜まったザーメンをコクンと一息に飲み干してくれたのだった。

「あう……」

嚥下《えんげ》と同時に口腔がキュッと締まり、彼は駄目押しの快感に呻いてピクンと幹を震わせた。すると、ようやく沙也香もチュパッと口を離し、なおも余りの滲む尿道口をチロチロと舐め回してくれた。

「あうう……、も、もういい、有難う……」

高志が過敏にヒクヒクと幹を震わせ、腰をよじりながら言うと、やっと沙也香も舌を引っ込めて、チロリと舌なめずりしながら添い寝してきた。

甘えるように腕枕してもらうと、上から下からザーメンを吸収した沙也香は、すっかり一人前の女になったかのように、優しく彼を胸に抱いてくれた。

そして高志は、沙也香のかぐわしい吐息を嗅ぎながら余韻に浸り、荒い息遣いと動悸《どうき》を整えたのだった。

6

「また来てました。わあ、ほんとうに私そっくりだわ」

身繕いをした沙也香が、再び机に戻って言い、高志も服を着て画面に見入った。

送信してくれた清美の写真の数々は、まだ幼い姉妹の姿から、中高生、最後は入院中のベッドまで、清美の人生の全てが並んでいて彼は切なくなってしまった。

「この写真、小野さんのパソコンに転送しますか？」

「うん、お願い」

沙也香が言って場所を空けてくれたので、高志は椅子に座り、自分のメールアドレスを入力して添付送信した。

ついでにスマホを出して、沙也香とラインの交換もしておいた。

「さあ、じゃ僕はそろそろ」

「帰りますか？　私はこれから夕食にしますけれど」

「そう、じゃ外で一緒にどうかな」

「ええ、行きます」

これから料理するのも面倒なようで、沙也香は答え、すぐにも二人でハイツを出た。

心地よい夜風の中を歩いて公園脇まで来てみると、そこに何台もの救急車と野次馬が来ていた。

「三人のガキが揃《そろ》って溺死だってよ」

「潜りっこの競争でもしてたか、それともラリってたんじゃねえか」

野次馬たちが話しているのを聞き流して通り過ぎ、二人は近くのレストランに入った。

「あの三人、死んじゃったんですね」

「ああ、生まれてこなければ良い連中だったんだろうね」

高志が言うと、沙也香もそれほど心を痛めている様子はないので、すでに上から下から彼のザーメンを吸収し、淫魔大王の力を宿しはじめているのかも知れない。

二人でビールを乾杯し、洋食をあれこれ頼んだ。

そういえば清美とは、何度か食事はしたが、二十歳になったばかりだったので彼女はアルコールを口にしていなかったものだ。そう、昭和時代は実に真面目で律儀な女子大生も多く残っていたのである。

食事しながら雑談していると、また彼女のスマホにラインが入った。

「初体験の相手が還暦って知って、正恵さん驚いてます。小野さんの名前を言ったら、正恵さん知ってました。有名な小説家だったんですね」

沙也香が目を輝かせて言う。

どうやら沙也香は、彼の名も小説も知らなかったようだ。

「これ、正恵さんの顔です」

沙也香がスマホを差し出して見せると、清楚な美女が写っていた。二十二歳ということだが、もっと大人っぽい印象がある。

「綺麗な人だね。彼女は処女じゃないよね」

「ええ、二人ぐらいと付き合ったことがあるみたいです」

「両刀なのかな。女同士ではどこまで？」

高志は興味津々で訊いた。

「女同士でキスするのは私が初めてって言ってましたから、他の女性ともしていないと思います」

「キスのとき、ベロはからめた？」

「やだあ、そんなこと訊くんですか。ほんの少しだけ」

沙也香が顔を赤らめて答えた。

「でも嫌じゃなかったんだね？」

「ええ、大好きなお姉さんだから」

一人っ子の彼女が言い、この分なら胸を触りあうぐらいのことはしているかも知れないと思った。

やがてビールが空になったので二人で赤ワインを頼んで食事を続けた。

「小野さんはいつ空いてますか。正恵さんと三人で会うとしたら」

「ああ、いつでもいいから二人で打ち合わせるといいよ」

いうと沙也香は正恵とラインの交換をし、三日後の昼間ということに決まり、高志もメモしておいた。

そして食事を終えるとレストランを出て、彼は沙也香をハイツまで送ってから、一人で歩いて帰宅したのだった。

すると部屋でヨモツシコメの喜世美が待っていた。

「ただいま」

高志は言い、たちまち股間が熱くなってきてしまった。やはり男というものは、相手さえ代われば女子大生だろうとこの世のものでない美女だろうと、すぐにも淫気がリセットされるもののようだ。

「死んだ恋人そっくりな娘としていたのね」

「何だ、機嫌が悪いな」

ツンとした素っ気ない物言いに、高志は怪訝《けげん》に思って言った。

人間の女性なら、彼が誰とセックスしようと悋気《りんき》を抱かなかった喜世美なのだが、今日は虫の居所が悪いらしい。

「じゃ、今夜はさせてくれないのかい？」

「するけど、うんと気持ち良くして……」

喜世美が言い、すぐにも淡いレモン色の衣を脱いで全裸になると布団に行った。

高志も手早く全裸になって迫り、抱き合って熱烈に唇を重ねた。

「ンン……」

喜世美もいつになく激しく応じ、熱く鼻を鳴らしながら貪る勢いで舌をからめ、吸い付いてきた。

高志も彼女の熱い吐息で鼻腔を湿らせ、生温かな唾液を味わいながら執拗に舌を蠢かせた。そして乳房を探り、股間にも指を這わせると、そこはすでに熱い愛液が大洪水になっていた。

甘酸っぱく濃厚な吐息に酔いしれながら、ようやく口を離すと喜世美はすぐにも顔を移動させ、彼の強ばりに激しくしゃぶり付いてきた。

スッポリと根元まで呑み込まれ、強く吸われて舌がからまると、

「アア……、気持ちいい……」

高志は仰向けの受け身になって快感に喘ぎ、唾液にまみれた肉棒をヒクヒク震わせて悶えた。

喜世美は顔を上下させ、濡れた口でスポスポと強烈な摩擦を繰り返していたが、やがて肉棒がたっぷりと唾液にまみれるとスポンと口を離し、挿入をせがんで移動していったのだった。

7

「入れて、後ろから」

喜世美が四つん這いになって言い、白く形良い尻を突き出してきたので、高志も身を起こして迫った。

しかし入れる前に屈み込んで割れ目を舐め、濃厚な匂いを貪って愛液をすすり、尻の谷間にも鼻を埋め、悩ましい匂いを嗅いで舌を這わせた。

「アア……、早く……」

気が急くように喜世美が尻をくねらせて言うので、彼も身を起こし、膝を突いて股間を進めた。

バックから先端を濡れた膣口に押し当て、感触を味わいながらヌルヌルッと押し込んでいくと、

「アアッ……、いい……！」

喜世美が白い背中を反らせて喘ぎ、キュッと締め付けてきた。

根元まで挿入すると、喜世美の尻が下腹部に密着し、心地よく弾んだ。

彼は腰を抱えながら温もりと感触を味わい、ズンズンと前後運動を開始した。

さらに背中に覆いかぶさり、両脇から回した手で乳房を揉みしだき、長い髪の匂いを嗅ぎながら高まった。

「い、いきそう……！」

喜世美も顔を伏せながら口走り、愛液の量と膣内の収縮が増した。

「か、顔が見えないので物足りない……」

しかし高志は動きを止めて言った。

股間に当たる尻の感触と膣内の摩擦は心地よいが、やはり顔を見て唾液や吐息を求めたいのである。

そして引き抜くと、喜世美は不満げにしながらも横向きになり、上の脚を真上に差し上げた。

「今度は横から入れて」

言われて、高志も彼女の下の内腿に跨がり、再び根元まで挿入しながら、彼女の上の脚に両手でしがみついた。

「アア……、いい……」

喜世美が喘ぎ、腰をくねらせた。

互いの股間が交差しているので密着感が高まり、局部のみならず擦れ合う内腿の感触も素晴らしかった。

しかし、これもまだ物足りず、また彼はヌルッと引き抜いた。

すると喜世美が仰向けになって股を開いたので、今度は正常位でみたび深々と挿入していった。

「アア、もう抜かないで……！」

喜世美が言い、両手を伸ばして高志を抱き寄せると、さらに抜かせないため両脚まで彼の腰にからみつけてきた。

高志も遠慮なく体重を預けて身を重ね、潜り込むようにして左右の乳首を吸い、舌で転がしながら顔中を膨らみに押し付けた。

「あうう、い、いきそう……！」

喜世美が待ちきれないようにズンズンと股間を突き上げて声を洩らし、彼も合わせて腰を遣いはじめた。

大量の愛液で動きが滑らかになり、クチュクチュと湿った摩擦音が聞こえ、揺れてぶつかる陰嚢も生ぬるく愛液にまみれた。

両の乳首を味わうと、さらに喜世美の腕を差し上げ、生ぬるく湿った和毛に籠もる濃く甘ったるい汗の匂いに噎せ返った。

そして彼女の長い髪を掻き分けて耳の穴を舌で探り、首筋を舐め回してから、喘ぐ口に鼻を押し込んで嗅ぎ、熱い果実臭の吐息で胸を満たした。

「い、いきそう……」

高志もジワジワと絶頂を迫らせて口走り、いつしか股間をぶつけるほどに激しく腰を突き動かしていた。

「い、いっちゃう……、アアーッ……！」

すると喜世美が声を上ずらせて膣内の収縮を高め、先にオルガスムスに達してしまったのだった。

ガクガクと狂おしく腰を跳ね上げ、その収縮に巻き込まれるように、続いて高志も絶頂に達してしまった。

「く……、気持ちいい……！」

快感に口走りながら、ありったけの熱いザーメンをドクンドクンと注入すると、

「あう、もっと……！」

噴出を感じた喜世美が、駄目押しの快感を得て口走った。

高志も心置きなく最後の一滴まで出し尽くし、満足しながら動きを弱めていった。

「ああ、もうダメ……」

喜世美も力尽きてグッタリしながら声を洩らし、身を投げ出していった。

互いに完全に動きを止めても、まだ膣内は名残惜しげな収縮がキュッキュッと繰り返され、射精直後のペニスがヒクヒクと過敏に中で跳ね上がった。

「あう、もう堪忍……」

喜世美も敏感になって呻き、幹の震えを抑えるようにキュッときつく締め付けてきた。

高志は遠慮なく体重を預け、喜世美の喘ぐ口に鼻を押し込み、濃厚に甘酸っぱい吐息を胸いっぱいに嗅ぎながら、うっとりと快感の余韻に浸り込んでいったのだった。

「あの娘と、どっちが良かった……？」

荒い息遣いで、喜世美が囁いた。

「おいおい、本当にどうしたんだ。今まで一度もそんなこと言ったことないのに。相手は処女だったんだから、喜世美の方が良いに決まってるじゃないか」

高志は答えながら、恐らく喜世美は、同年代に見える沙也香に嫉妬しているのだろうと思った。

確かに今まで彼が相手にしたのは、処女とはいえ恵理子のような社会人や、人妻の奈美子などだったのだ。

「そう、それならいいわ……、ね、このままもう一度いかせて……」

喜世美が言い、再び収縮と股間の突き上げを開始したのである。

もちろん高志も、淫魔大王の力を宿しているので、抜かずの二発や三発できるから再び腰を突き動かしはじめた。

「アア……、またすぐいきそうよ……」

喜世美が高まりを甦らせて喘ぎ、激しく締め付けてきた。

高志もいったん動きはじめると、すぐにも快感が戻って勢いがついてきた。

（やはり、死んだ清美そっくりな娘というのが、喜世美には気に入らなかったのかも知れないな……）

彼は思った。そういえば喜世美も、どことなく清美に似たタイプなのである。

「あう、いく……！」

動くうち、たちまち喜世美は二度目のオルガスムスに達して声を上げた。

「く……！」

続いて高志も、立て続けとは思えぬほど大きな快感に貫かれて呻き、大量のザーメンを喜世美の中にドクドクと勢いよくほとばしらせたのだった……。

第四話　二人がかりの宴

1

「へえ、すごいマンションだな。正恵さんはお金持ちのお嬢さんかな」

昼過ぎ、高志は沙也香に連れられ、豪華マンションを見上げて言った。

「ええ、親は静岡で大きな病院を経営してるんですよ」

沙也香が答え、インターホンで部屋番号を押し、すぐ入り口ドアを開けてもらった。

高志も一緒に入り、エレベーターで六階まで上がった。

二十歳の沙也香は、かつて高志の恋人で夭逝した清美に瓜二つの女子大生だ。

実際、清美の姉の孫である。

これから訪ねる正恵は、二十二歳の女子大四年。沙也香の先輩であり、女同士でキスするほど懐き、何でも話している姉貴分だ。

その正恵が、沙也香が高志と初体験したと知り、是非にも彼に会いたいというので今日こうして訪ねて来たのである。

もちろん高志は妖しい期待に、昼食後にシャワーと歯磨きを済ませていた。

そして沙也香にはシャワーを浴びないよう言いつけてある。

六階に上がりチャイムを鳴らすと、すぐにドアが開いて、正恵が二人を招き入れてくれた。彼女は、前に沙也香から写メで見せてもらった通りの清楚な美形で、意外に長身であった。

「いらっしゃい、どうぞ」

正恵が言い、上がり込むとリビングは広く、テレビも大きく応接セットも高級品だった。

一人暮らしなのに３ＬＤＫで、寝室の他は勉強部屋と書庫で、高志に負けないほど膨大な蔵書が並んでいた。

専攻は沙也香ともども国文で、歴史も得意そうだ。話を聞くと、国語教師ではなく作家志望らしい。

「サイン、お願いできますか」

正恵が、高志の著作本を五、六冊にサインペンを持って来てテーブルに積んだ。

「ええ、もちろん」

高志も快く順々にサインした。

「雑誌のコラムも、何だか本当に歴史上の人物と対談してるみたいですね」

「うん、架空対談という形式だからね」

「もしかして小野篁の子孫で、黄泉の国と通じているんじゃないですか？」

いきなり図星を指され、サインを終えた彼は驚いて顔を上げた。

「もしそうなら？」

「会いたい人がいます。沖田総司」

「ああ、噂《うわさ》よりずっと美青年だよ」

「やっぱり、会っているんですね！　会わせて下さい！」

正恵が勢い込んで言った。

「僕以外の人には見えないと思うよ」

「ああ、やっぱりそうですか。でも近くで立ち会いたいです」

正恵は信じ込んでいた。頭脳明晰《めいせき》だが、神秘なものにも思い入れが強いようだ。

傍らでは、沙也香が話半分に聞いていた。

「うん、いずれうちにも来るといいよ」

「はい、お願いします」

正恵は答え、話を切り替えた。

「実は今日お呼び出ししたのは、沙也香が初体験したと知って、その同じ人と経験したいと思ったからなんです」

正恵が、願ってもないことを言った。

かつて二人ばかりの男と付き合ったことはあるが、若い男は軽くて物足りなかったのだろう。

それが、日頃から読んでいる作家で、還暦の上、しかもいま会って神秘の雰囲気が好みに合致したようだった。

「構いませんか？　沙也香も一緒に」

「もちろん、僕で良いのなら」

「じゃ急いでシャワーを浴びてきますね」

正恵が言って立った。

やはり一風変わった美女でも、羞恥心やマナーは備えているようだ。

「いや、沙也香君にも言ったんだけど、浴びる前のナマの匂いがないと燃えないんでね」

「え？　でも午前中は大学へ行っていて動き回ってましたから」

「うん、それぐらいでないと」

「本当にいいんですか……」

大人っぽく落ち着きのあった正恵が、急にモジモジしはじめ、生ぬるく甘ったるい匂いを揺らめかせた。

「うん、どうか今のままで」

「分かりました。じゃこちらへ」

正恵も納得して答え、寝室へと案内した。

レースのカーテン越しに街の景色が見下ろせる寝室内には、やはり若い娘の匂いが立ち籠めていた。

セミダブルのベッドに鏡台と化粧セット、小型の壁掛けテレビに作り付けのクローゼットがあるだけだ。

「じゃ脱いで下さい」

やや緊張気味に正恵が言い、自分からブラウスのボタンを外しはじめた。そして沙也香に頷きかけると、彼女も脱いでいった。

高志は、女子大生二人の前で全裸になることに、言いようのない興奮と期待を湧かせ、痛いほど股間を突っ張らせた。

気が急くように、彼は手早く全裸になり、勃起しながら正恵のベッドに横になると、やはり枕に沁み付いた匂いが悩ましく鼻腔を刺激してきた。

二人も黙々と脱ぎ、混じり合った甘ったるい匂いを揺らめかせながら、見る見る白い肌を露わにしていった。

やがて二人の女子大生も一糸まとわぬ姿になって向き直り、ベッドに近づいてきた。

一対一ではなく、気心知れた仲間がいるので、正恵の緊張は和らいだようだ。

「父より年上なんて初めてだわ……」

正恵が言い、彼の胸から腹を撫で回してきた。まだペニスには目を向けないので、高志のように肝心な部分は最後に取っておくつもりかも知れない。

沙也香も反対側から、仰向けの彼を挟むように身を寄せ、指先で乳首をいじった。

「男の人でもここ感じる？」

「うん、舐めたり噛んだりして……」

「噛むの？　大丈夫？」

言いながら沙也香が屈み込み、正恵も一緒になって彼の左右の乳首にチュッと吸い付いてきた。

二人分の熱い息が肌をくすぐり、それぞれの乳首にチロチロと舌が這い回った。

そして二人は綺麗な歯並びで、キュッと乳首を噛んでくれた。

「あう、もっと強く……」

高志が甘美な刺激に身悶えながら言うと、二人もやや力を強めて歯を立てた。

「ああ、気持ちいい……」

彼はクネクネと身をよじって喘ぎ、やがて二人は、いったん顔を上げた。

2

「沙也香も身体中舐められたのね？　今度は私たちでしてあげましょう」

正恵が言って、彼の脇腹や臍を舐めると、沙也香も屈み込んで同じようにした。

ときにキュッと歯が食い込み、そのたびに彼はビクリと身を震わせた。

二人は股間を避け、太腿から脚を舐め降りていった。そしてためらいなく両の足裏に舌を這わせ、同時に爪先にもしゃぶり付いてきたのである。

「あう、いいよ、そんなことしなくて……」

高志は申し訳ない快感に呻きながらも、二人は厭わず指の股に、順々にヌルッと舌を割り込ませてきた。

「アア……」

美しい女子大生二人の清潔な舌が、足指の股に潜り込むたび彼は喘いだ。

やがてしゃぶり尽くすと、正恵が彼を大股開きにさせ、二人で左右の脚の内側を舐め上げてきた。

内腿にもキュッと綺麗な前歯が食い込むと、彼はビクリと反応した。

そして二人は頬を寄せ合って中心部に迫り、熱い息が股間で混じり合うと、正恵は彼の両脚を浮かせたのだ。

「ここも舐めてもらった?」

「うん……」

尻の谷間を広げながら二人がヒソヒソ話し合うと、先に正恵が肛門に舌を這わせて、ヌルッと潜り込ませた。

「あう……」

高志は、また済まないような気持ちで快感に呻き、潜り込んだ正恵の舌先をキュッと肛門で締め付けた。

鼻息で陰嚢をくすぐりながら中の舌が蠢くと、内側から刺激されたペニスがヒクヒクと上下した。

やがて正恵が舌を引き離して場所を空けると、すかさず沙也香も舐め回し、ヌルリと潜り込ませてくれた。

二人が立て続けだと、それぞれの温もりや感触、蠢き方の違いが分かり、そのどちらにも彼は快感を高めた。

沙也香が口を離し、ようやく脚が下ろされると、二人はまた頬を寄せ合って股間に潜り込み、同時に陰嚢にしゃぶりついてきた。

それぞれの睾丸を舌で転がし、混じり合った生温かな唾液が袋を濡らした。

互いにディープキスした仲なので、同性の舌が触れ合っても気にならないらしい。

二人分の熱い息が股間に籠もり、せがむように幹をヒクつかせると、とうとう二人も身を乗り出してペニスに迫った。

舌を伸ばし、幹の裏側と側面を舐め上げてくると、何やら美しい姉妹が顔を寄せ合い、一本のキャンディでも舐めているようだ。

そして先端まで来ると、粘液の滲む尿道口がチロチロと交互に舐められ、張り詰めた亀頭にも同時に舌が這い回った。

まるで美女同士のディープキスの間に、ペニスが割り込んでいるかのようだった。

さらに二人は、交互にスッポリと喉の奥まで含み、吸い付きながら舌をからめては、チュパッと引き離し、すかさず交互に繰り返された。

これも二人の口の中の温もりが異なり、彼はそれぞれに激しく感じた。

「い、いきそう……」

すっかり絶頂を迫らせた高志が身悶えて言うと、二人も口を離して顔を上げた。

「飲むのもいいけれど、最初は私の中でいって欲しいわ」

正恵が言う。彼女もピルを服用し、最初から中出しを求めているようだった。

「そ、その前に、僕も二人を舐めたいので、顔の左右に立って……」

ようやく強烈な愛撫から解放され、絶頂間際で踏みとどまった高志が息を弾ませて言うと、二人も素直に立ち上がり、彼の顔の両側に立ってくれた。

スックと立った全裸の女子大生二人を、真下から見るのは何とも壮観だった。

「足を顔に乗せて」

仰向けのまま言うと、二人もためらいなく片方の足を上げ、互いにフラつく身体を支え合いながらそっと乗せてくれた。

「アア……」

二人分の足裏の感触を顔中に受け止め、高志は感激に喘いだ。

それぞれの踵と土踏まずに舌を這わせながら、指の間に鼻を割り込ませて嗅ぐと、どちらも生ぬるい汗と脂にジットリ湿り、ムレムレの匂いが悩ましく沁み付いていた。

しかも二人分だから、それぞれは控えめな匂いなのに、混じり合うと濃厚に鼻腔を刺激してきた。

彼は匂いを貪りながら二人の足裏を舐め尽くすと、爪先にもしゃぶり付き、全ての指の股に舌を挿し入れて味わった。

「あう、くすぐったいわ……」

正恵が呻き、ガクガクと膝を震わせた。過去の二人の彼氏は、爪先など舐めないダメ男だったようだ。

さらに足を交代させ、高志は全ての味と匂いを貪り尽くした。

「じゃ跨いでね」

彼が言うと、やはり先に正恵が跨がり、和式トイレスタイルでゆっくりしゃがみ込んできた。

スラリと長い脚がM字になり、白い内腿がムッチリと張り詰めて股間が鼻先に迫った。

見上げると、神聖な丘に茂る恥毛は意外にも濃く密集し、割れ目からはみ出した花びらはヌメヌメと清らかな蜜に潤っていた。

指を当てて広げると、花弁状に襞の入り組む膣口が艶めかしく息づき、ポツンとした尿道口もはっきり見えた。

包皮を押し上げるようにツンと突き立ったクリトリスは意外に大きく、小指の先ほどもあって光沢を放っていた。

腰を抱き寄せると、彼女も割れ目を密着させてくれた。

柔らかな恥毛に鼻を擦りつけて嗅ぐと、やはり蒸れた汗とオシッコの匂いが濃く沁み付いて、悩ましく鼻腔を刺激してきた。

「いい匂い」

嗅ぎながら言うと、正恵が羞恥にビクッと内腿を緊張させた。

舌を挿し入れ、生ぬるく淡い酸味のヌメリを感じながら襞を掻き回し、クリトリスまで舐め上げていくと、

「アアッ……！」

正恵が熱く喘ぎ、新たな愛液をトロリと漏らしてきた。

高志は味と匂いを堪能してから、さらに白く丸みのある尻の真下に潜り込み、谷間にひっそり閉じられたピンクの蕾に鼻を埋めて嗅いだ。

蒸れた汗の匂いが籠もり、彼は熱気を嗅いでから舌を這わせていった。

3

「あう……、変な気持ち……」

ヌルッと舌を潜り込ませ、滑らかな粘膜を探ると正恵が呻き、肛門で舌先を締め付けてきた。ここも、今まで舐められたことがないのだろう。

高志が舌を蠢かせて粘膜を味わうと、割れ目から湧き出す愛液がツツーッと糸

を引いて鼻先に滴ってきた。

「も、もういいわ、交代……」

やがて正恵が言って股間を引き離し、場所を空けるとすぐに沙也香が跨がり、しゃがみ込んで割れ目を迫らせた。

彼女の割れ目も充分すぎるほど蜜に潤い、熱気と湿り気を発して高志の顔を包み込んできた。

腰を抱き寄せて若草に鼻を押し付けると、蒸れた汗とオシッコの匂いに、ほのかに幼げなチーズ臭も混じって鼻腔を刺激した。

差し入れて柔肉を舐めると、すぐにも潤いで舌の動きが滑らかになった。

処女を失ったばかりの膣口を探り、クリトリスまで舐め上げると、

「アアッ……!」

沙也香が喘ぎ、力が抜けて座り込みそうになるのを、懸命に彼の顔の左右で両足を踏ん張った。

高志はクリトリスを舐めては溢れる蜜をすすり、さらに尻の真下に潜り込んだ。

顔中にひんやりする双丘を受け止めながら、谷間の蕾に鼻を埋め込み、蒸れた匂いを貪ってから舌を這わせた。

充分に襞を濡らしてから、ヌルッと潜り込ませると、

「あう……」

沙也香が呻き、やはり肛門でキュッと舌先を締め付けてきた。

そして彼が沙也香の前と後ろを味わっていると、急にペニスが生温かなものに包まれた。

どうやら待ち切れず、正恵が屈み込んでしゃぶっているのだ。

そして肉棒を唾液にまみれさせると顔を上げて前進し、彼の股間に跨がってきた。

「入れるわ……」

正恵が言うと沙也香も股間を引き離し、挿入されていく様子を覗き込んだ。

正恵が腰を沈み込ませると、張り詰めた亀頭が潜り込み、あとは重みと潤いでヌルヌルッと滑らかに根元まで呑み込まれていった。「ああッ……、いい気持ち……」

すっかり膣感覚に目覚めている正恵が、ビクッと顔を仰け反らせて喘ぎ、完全に座り込んで股間を密着させた。

高志も、肉襞の摩擦と潤い、温もりと締め付けを味わいながら快感に高まった。

正恵は何度かグリグリと股間を擦り付けてから、ゆっくり身を重ねてきた。

高志も僅かに両膝を立てて弾力ある尻を支え、正恵を抱き留めながら、横にいる沙也香も添い寝させて引き寄せた。

まだ動かず、潜り込むようにして正恵の乳首に吸い付き、顔中で膨らみを味わいながら舌で転がした。

「アア……」

正恵が喘ぎ、ペニスを味わうように膣内を収縮させた。

高志は左右の乳首を含んで舐め回し、横から胸を突き出す沙也香の乳首も両方とも味わった。

さらに二人の腋の下にも鼻を埋めて嗅ぐと、どちらも生ぬるく湿ったそこは、何とも甘ったるい汗の匂いを籠もらせていた。

すると待ち切れないように、正恵が徐々に腰を動かしはじめたのだ。

高志もズンズンと下から股間を突き上げ、心地よい摩擦と締め付けに高まった。

「アア、すぐいきそうよ……」

正恵が喘ぎ、顔を引き寄せて熱い吐息を嗅ぐと、それはシナモンに似た刺激を含んで鼻腔を掻き回してきた。

沙也香の顔も抱き寄せて口に鼻を押し付けると、こちらは甘酸っぱく可愛らしい果実臭だ。どちらも昼食後の歯磨きもしていないらしく濃厚で、彼は混じり合った女子大生たちの息の匂いに絶頂を迫らせた。

「唾を垂らして……」

高志がせがむと、先に経験のある沙也香が唾液を溜めて愛らしい唇をすぼめて迫り、クチュッと吐き出してくれた。

それを舌に受けると、見ていた正恵も口を寄せ、トロリと白っぽく小泡の多い唾液を垂らしてくれた。

彼は女子大生たちのミックス唾液を味わい、うっとりと喉を潤した。この世で最も清潔な液体だ。

さらに二人の顔を抱き寄せ、三人で舌をからめると、かぐわしく混じり合った熱い息が彼の顔中を湿らせた。

舌の感触も微妙に違い、高志は贅沢《ぜいたく》な快感の中、二人分の唾液と吐息を貪った。

「い、いく……！」

やがて激しく股間を突き上げながら彼は口走り、そのまま大きな絶頂の快感に全身を貫かれてしまった。

同時に、熱い大量のザーメンがドクンドクンと勢いよくほとばしり、柔肉の奥深い部分を直撃した。

するると噴出を感じた途端、

「い、いっちゃう……、アアーッ……！」


正恵も声を上ずらせ、ガクガクと狂おしいオルガスムスの痙攣を開始した。

何しろ淫魔大王の気を含んだザーメンだから、たちまち正恵は彼の快感に巻き込まれたのだろう。


「すごいわ、正恵さんがいってる……」


沙也香は呟き、同性の絶頂を目の当たりにするのは初めてなのか、息を呑んで見守っていた。

高志は心ゆくまで贅沢な快感を味わい、最後の一滴まで出し尽くしていった。

彼が満足しながら徐々に突き上げを弱めていくと、

「ああ……」


正恵も力が抜けたように声を洩らし、肌の強ばりを解きながらグッタリともたれかかってきた。

身を投げ出した高志は、上からの正恵の重みと、横から密着する沙也香の温もりを感じながら、まだ息づく膣内でヒクヒクと過敏に幹を震わせた。

「アア、も、もう……」

正恵も感じすぎて降参するように喘ぎ、幹の震えを押さえるためキュッときつく締め上げてきた。

高志は二人の口を引き寄せ、混じり合ったかぐわしい吐息の匂いで鼻腔を満たして酔いしれながら、うっとりと快感の余韻に浸り込んでいったのだった。

4

「じゃここに立って肩を跨いで」

広いバスルームで、互いの身体を洗い流すと、高志は床に座って言った。

二人も素直に立ち、左右から彼の肩に跨がり、顔に股間を突き出してくれた。

「じゃ、オシッコ出してね」

「ええっ……」

言うと正恵はビクリと尻込みしたが、沙也香は体験しているし、高志が悦ぶのを承知しているので、すぐにも息を詰めて下腹に力を入れた。

その様子を見て、正恵も急いで尿意を高めはじめた。

信じられない行為だが、後れを取れば二人から注目されるので、沙也香と一緒に出せるのが最適だと瞬時に判断したのだろう。

高志は左右から迫る割れ目を交互に舐め、新たに溢れる愛液を味わった。

もう濃厚だった匂いは薄れてしまったが、柔肉を舐めているだけで心地よかった。

「ああ、出そう……」

沙也香が言うので割れ目を舐めると、奥の柔肉が盛り上がって味わいと温もりが変化し、間もなくチョロチョロと熱い流れがほとばしってきた。

それを舌に受けて味わい喉に流し込むと、正恵も慌てて何とか放尿を開始した。

ポタポタと熱い雫が滴り、間もなく一条の流れになってきたので、顔を向けてそちらも味わった。

どちらも味と匂いは淡く、抵抗なく喉に流し込むことが出来た。

「アア……、こんなこと……」

勢いをつけて放尿しながら、正恵がガクガクと膝を震わせて喘いだ。

片方を味わっていると、もう一人の流れは温かく肌に浴びせられ、すっかりピンピンに回復したペニスが心地よく浸された。

先に沙也香の流れが治まり、あまり溜まっていなかったようで正恵も放尿を終えた。

彼は滴る雫をすすり、それぞれの割れ目を舐め回して残り香に浸った。すると二人とも愛液が混じり、ポタポタ滴る雫がツツーッと糸を引いた。

「も、もうダメ……」

クリトリスを舐められると、とうとう正恵がビクッと腰を引いて言い、そのまま椅子に座り込んでしまった。

高志は舌を引っ込め、もう一度三人でシャワーを浴び、身体を拭いて全裸のままベッドへと戻った。

「私はもう充分……」

「じゃ今度は私の中に」

正恵が言って添い寝すると、沙也香が目をキラキラさせて言い、勃起したペニスにしゃぶり付いてきた。

そして充分に唾液にまみれさせると顔を上げて前進し、跨がって自分から女上位で挿入していった。

屹立《きつりつ》したペニスを、ヌルヌルッと滑らかに根元まで受け入れると、

「アアッ……！」

沙也香が顔を仰け反らせて喘ぎ、ピッタリと股間を密着させた。

高志も肉襞の摩擦と熱いほどの温もりに包まれ、きつく締め付けられながら快感を味わった。

沙也香は、いくらも上体を起こしていられず、すぐに身を重ねてきた。

彼も僅かに両膝を立てて弾力ある尻を支え、両手で抱き留めながら隣の正恵も引き寄せた。

沙也香も、淫魔の力を含んだ彼の体液を吸収しているから、とうに挿入の痛みなど克服して、大人の女としての快楽に目覚めているから、すぐにも腰を動かしはじめた。

高志も合わせてズンズンと股間を突き上げ、急激に絶頂を迫らせた。

溢れる愛液で動きが滑らかになり、クチュクチュと摩擦音を響かせながら互いの股間がビショビショになった。

高志はまた二人の顔を引き寄せ、三人同時に舌をからめた。

チロチロと蠢く二人の舌を味わい、混じり合って滴る生温かな唾液で喉を潤し

た。

「アア……、いきそう……」

沙也香が熱く喘ぎ、甘酸っぱい果実臭の吐息を弾ませた。

「顔中ヌルヌルにして」

言うと、気が済んでいるはずの正恵も沙也香の喘ぎに触発されたように、大胆に舌を這わせてくれた。

沙也香も喘ぎながらペロペロと鼻筋を舐めてくれ、たちまち顔中は二人分の生温かな唾液でヌラヌラとまみれた。彼は美女たちの唾液と吐息の混じり合った匂いで、悩ましく鼻腔を満たした。

「噛んで……」

言うと二人も彼の両頬を甘く噛んでくれ、高志は美女たちに食べられているような快感に高まった。

「ああ、気持ちいい、もっと強く……」

どうせ淫魔の力で、歯形などすぐ消えてしまうだろう。

二人も興奮を高め、まるで咀嚼《そしゃく》するように綺麗な歯並びでモグモグと彼の両頬を噛んでくれた。

そして高志は沙也香の吐息と、正恵のシナモン臭の混じり合った匂いで鼻腔を刺激され、たちまち昇り詰めてしまった。

「い、いく……！」

二度目とも思えない快感に貫かれて口走り、ありったけの熱いザーメンをドクンドクンと勢いよくほとばしらせると、

「き、気持ちいいわ……、いく……、アアーッ……！」

噴出を感じた沙也香も声を上げ、ガクガクと狂おしいオルガスムスの痙攣を開始したのだった。

収縮する膣内に刺激され、彼は快感を噛み締め、心置きなく最後の一滴まで出し尽くしていった。

「ああ、良かった……」

高志は心から言い、満足しながら突き上げを弱めていった。

いつしか沙也香もグッタリと力を抜き、彼に体重を預けてきていた。

「もう沙也香も、中でいけるようになっているのね……」

正恵は驚いて言い、またモヤモヤと淫気を甦らせたように、横からピッタリと肌を密着させてきた。

何やらエンドレスになるような気がし、彼自身は息づく膣内でヒクヒクと過敏に幹を跳ね上げた。

もちろん淫魔大王の力を宿しているので、何度でも出来るだろう。

やがて高志も心地よく身を投げ出し、二人分の混じり合った吐息で鼻腔を刺激されながら、うっとりと快感の余韻に浸り込んでいったのだった……。

5

「おお、今日はまだ誰も地獄に送り込んでいないぞ」

夕刻、高志が正恵のマンションを出て最寄り駅から帰途についていると、淫魔大王が現れて言った。

明日は休みなので、沙也香は今夜あのまま正恵のマンションに泊まるようだ。

「そ、外を出歩けるんですか……」

高志は驚いて、坊主頭に丸メガネ、作務衣姿の大王を見て言った。

もっとも、周囲から姿が見えたにしても、単に酒好きそうなオッサンが歩いているだけである。

「ああ、儂《わし》クラスになればどこでも自由だ」

大王が言った途端、傍らで信号待ちしているスポーツカーから大音量のロック音楽が流れてきた。

あまりにやかましいので見ると、頭の悪そうな若者が四人乗っている。

「うるさいぞ、音楽を切れ！」

高志が怒鳴ると、

「ああ？　聞こえねえよ」

運転席の男が顔を歪《ゆが》めて答えた。

「お前ら四人、地獄へ堕ちろ！」

高志が言った途端、信号が青になり車は猛スピードで走り去っていった。

「あのまま川へ転落だな」

大王が言い、間もなく彼方からガードレールを突き破る音が聞こえてきた。

「地獄へ堕ちた奴らが、どうなってるか見てみるか」

大王が言い、二人で自宅へ戻ると、すぐに彼が庭の井戸に入り込んでいった。

高志も、掛けっぱなしになっている梯子を下り、大王について洞窟を奥へ進んでいった。高志も、すでに大王の力を宿しているから暗闇でもよく見えた。

奥へ奥へと行くと、やがて黄泉比良坂を越え、いよいよ地獄の入り口に来た。

業火が燃えさかり、多くの亡者が鬼たちに痛めつけられている。実際は熱気と悪臭に満ちているのだろうが、力を宿している高志には単なる風景だった。

亡者たちは、ノコギリで切り刻まれ、臼《うす》で潰され、手足を引きちぎられて苦悶《くもん》しても、決して死ぬことはない。

バラバラにされても、地獄に吹く風を受けると一瞬で元の肉体に戻る。

すでに死んでいるのだから、飲み食いも睡眠も気絶も麻痺も出来ず、何兆年か延々と苦しみ続けるのだ。

「おお、来た来た。さっきの四人だ」

大王が言うと、落下してきた四人はすでに裸で、大鍋に入れられて茹《ゆ》でられはじめた。

「ど、どこだここは……！」

「何でこんな目に……」

四人は口々に言いながら、煮え湯の中でのたうち回った。

「あいつらは付き合ってる女をグーで殴ったり、弱いものを四人がかりで苛《いじ》めてきた人間のクズだ。百兆年ぐらいここで苦しめ、二度と人に転生は出来ん。しかも虫に生まれ変わっても、延々と今の記憶を持ち続ける」

「わあ、それはいい気味ですね」

高志は言い、ふと見ると大鍋の下にある火を、竹筒を吹いて燃えさからせ、火力を強めている男がいた。

見れば褌《ふんどし》一丁の、痩せてメガネの普通の男ではないか。

「あれは、亡者の一人ですか」

「ああ、あれはダサ君といって流された精霊の一人だ。男の誰もが、こんな奴に喧嘩で負けたくないという顔つきをしてるだろう。見るからに恐い鬼より、ああいう奴に苛められる方が苦痛が大きいのだ」

「なるほど……」

大王の言葉に頷いて彼が見ていると、ダサ君は充分に燃えたので竹筒を置き、ラジカセのスイッチを入れ、去年の彼らの思い出をテープレコーダーから流させ、自分はヴァイオリンで不快に悲しげなメロディを奏ではじめた。

「うわ、これは嫌だあ……」

高志は言い、さらに地獄のあちこちを見回してから帰ることにした。

大王はそのまま残ったので、彼はまた暗い黄泉比良坂を戻っていった。

　すると途中の道に、わらわらとヨモツシコメたちが姿を現し、

「生きた男……」

　言いながらまとわりついてきた。彼女たちは淡いレモン色の衣を脱ぎ去り、高志の服も引き脱がせながら押し倒した。

　3Pをしたばかりの高志だったが、これは五人を超えた数である。

「うわ、優しくして……」

　高志は処女のように言いながらも、群がる闇の美女たちを相手に否応なくムクムクと勃起させられてしまった。

　そのペニスが代わる代わるしゃぶられ、顔には濃厚な匂いを籠もらせた割れ目が押し付けられ、左右の手も引っ張られて、それぞれの割れ目をいじらされた。

　もちろん淫魔大王の力を宿しているので、少々嚙まれたところで快感しか感じないし、すぐにも彼は絶頂を迫らせていった。

　順々にペニスがしゃぶられ、代わる代わる顔に跨がられてクリトリスを舐めさせられた。そして最初の女が跨がって挿入すると、すぐにも彼女は、

「い、いく……、アアッ……！」

　たちまちオルガスムスに達してしまった。

やはり生きた人間で、しかも淫魔大王と同格となると、いくらも動かないうち果ててしまうのだろう。

一人が離れると、次々に跨がって肉棒を受け入れては、あっという間に絶頂を迎えていった。

高志も何とか暴発を堪えていたが、最後の一人が跨がって交わると、いよいよ絶頂が迫ってきた。

そして済んだ四人も、まだ欲望をくすぶらせて彼の左右の乳首を吸い、順々に唇も奪われて舌がからんだ。

彼女たちの吐息は闇の匂いがし、喜世美ほど清潔でも可愛らしくもないが、とうとう高志も昇り詰めてしまった。

「く……!」

快感に呻きながら熱いザーメンをドクドクとほとばしらせると、

「いい……、アアーッ……!」

最後の一人も声を上げ、ガクガクとオルガスムスに達していった。

そういえば今日は喜世美の姿を見ていないが、どうも彼女は高志が若い沙也香などを抱くと不機嫌になるようだ。

だから今も、どこかで拗《す》ねて身を隠しているのかも知れないと思った。

6

「ねえ、僕だけど彼女が妊娠したうえ事故を起こして、どうしても百万振り込んで欲しいんだ」

高志が帰宅し、夕食の冷凍食品をチンしていると電話が鳴った。出るとどうも、オレオレ詐欺らしい。

「俺は一人もんだ。地獄へ堕ちろ」

高志が言うと、受話器の彼方から、

「ギャーッ……！」

と、ものすごい悲鳴が聞こえてきたので、どうやら自分でカッターでも使って首を切ったのだろう。

どうやら面と向かって言わなくても、会話していれば効果があるようだった。

電話を切ると、高志は温まった総菜やパスタを食い、食事を終えてからパソコンに向かった。

単行本の新たな書き下ろしもあるし、奈美子依頼の架空対談コラムも好評のようなので、どんどん書かなければならない。

するとメールに、覚えのない請求が届いていたので、どうやらこれも詐欺メールのようだ。彼はすぐに、

「高速から落ちて地獄へ堕ちろ」

と返信しておいた。

そして仕事を終えて寝しなにテレビを点《つ》けると、ニュースで高速から若いチンピラの転落事故を報道していたので、メールでも効果があることを知った。

さらにはSNSでも、何かと人にからむ奴がいるので、コメントに、

「地獄へ堕ちろ」

と書いて送信しておいた。

やがて高志は、灯りを消して布団に横になった。

今日は実に色々なことがあった。何しろ生まれて初めての3P、しかも相手は若い女子大生たちである。

さらには地獄の風景を見学し、ヨモツシコメたちとも複数プレイをしたのだ。

今ごろ沙也香と正恵は、あのベッドで一緒に寝て、今日の3Pの感想などを語

り合っているのではないか。あるいは、今までよりもさらに濃厚なレズごっこに興じているのではないだろうか。

それを思うと股間が熱くなってしまったが、もう今日は充分に満足していた。

もう眠ろうと思ったが、やはり喜世美の姿が見えないのが寂しい。

何しろ今まで、日中にどんなことがあろうとも、毎晩寝しなには彼女の顔を見て、快楽を分かち合ってきたのである。

（まあ、そのうち姿を現すだろう……）

高志はそう思い、やがて深い睡《ねむ》りに落ちていったのだった……。

――翌朝、いつものように六時には起きて朝食のインスタントラーメンを作って食い、高志は朝風呂に浸《つ》かりながらゆっくり歯磨きをした。

あとはパソコンを点けてメールチェックをすれば、朝のルーチンは終わり、仕事にかかるだけである。

もうスマホにもパソコンにも悪戯メールはなく、ＳＮＳを見てみるとメンバーから、何かとからむ奴が事故で死んだという報告がアップされていた。

まあ顔も知らず何をしている奴かも知らないが、そこは閻魔大王の代理である淫魔が、奴の生前を正当に評価し、地獄何年と決めてくれることだろう。

そして担当編集の、恵理子と奈美子から、原稿の進み具合の打診があったので、彼はそれぞれに返信しておいた。

（次の歴史インタビューは、誰を呼んでもらおうかなあ……）

高志は思った。誰だろうとも、淫魔大王に頼めば呼んでくれるのである。

坂本龍馬は嫌いではないが、龍馬ファンというのは特殊で、いくら本人から聞いた事実だと言っても納得しない連中がきっといることだろう。

もっとも当然ながら、実際に会ったとは言えないのであるが。

（小次郎か源内か写楽か、まあ編集と相談しながら人気の人を選ぶとしようか……）

彼は思い、そろそろ長編の続きにかかろうかと思った。それでも進み具合も良いし、締め切りはまだ当分先なので、慌てて書く仕事ではない。

その時チャイムが鳴り、また迷惑セールスかと思い、地獄へ送ってやろうと席を立って玄関に出た。

「あ、いきなり済みません。小野高志様でしょうか」

立っていたのは、一人の美女。歳の頃なら四十前後というところで、どことなく見たような顔立ちであった。

7

「はい、小野ですが貴女は」

「私、小西佳代子《かよこ》と申します。沙也香の母でございます」

「え……」

言われて驚き、とにかく高志は彼女を中へ招き入れた。

どうやら沙也香から聞き、わざわざ地方から、あとで聞くと長野から来てくれたようだった。

「素敵なおうちですね」

「いえ、古いばかりです。今お茶を」

「どうかお構いなく」

「ええ、僕も飲もうと思っていたところで」

彼は佳代子を茶の間に座らせ、急いで湯を沸かして茶を淹れた。

さすがに母娘だけあり、佳代子は沙也香に似た美形である。

そして清美の面影もあり、恐らく清美が四十ぐらいになれば、このように成長するだろうという印象だった。

「沙也香から聞いて、叔母、清美さんのものをいろいろ持って来ました」

差し向かいに座ると、佳代子がバッグからアクセサリーやオルゴールなどを取り出して置いた。

「日記や写真の大部分は、お棺に入れてしまったので、焼けないものだけが残ってます」

「そう、このネックレスは僕が上げたものでした」

高志は言い、懐かしげに手に取った。

「母からもよろしくとのことでした。でも小野さんは、私たちの一家とは誰とも会っていないのですね」

「そうなんです。ただ清美さんとだけ」

「そうですか。叔母は二十歳で亡くなったとき、私はもう結婚していた母のおなかの中にいました」

佳代子が言う。

「母も会いたがっていましたが、足腰が弱いので今回は私だけ。いきなりのアポ無しでご迷惑でしょうけれど」

「いえ、そんなことないです。来て頂いて嬉しいです」

「沙也香にもラインしたけど、今日は先輩とどこかへ遊びに行くというので、夜にでも合流して夕食を食べようと思います」

佳代子は、今夜沙也香のハイツに泊まり、明朝長野へ帰るようだ。

彼女は専業主婦らしいが、商社マンの夫は単身赴任で海外。すでに父は亡く、今は母娘で、長野の山間《やまあい》でひっそりと暮らしているらしい。

色白で清楚な服装が良く似合い、しかも奈美子以上の巨乳。初めて来た家で、やや緊張しているのか生ぬるく甘ったるい匂いが感じられた。

「小野さんは、ずっとお一人で？」

「ええ、あれから四十年、清美さん以上の人を探す気になれなくて」

「まあ、そんなに思っていらしたんですね。私も叔母に会ってみたかったです。それでお一人で小説の仕事を？」

「そうです。まあ、たまには編集も来てくれるので寂しくはないですが」

高志は答えたが、もちろん沙也香は、肉体関係までは佳代子に言っていないだろう。

こんな年齢差で沙也香の処女を奪ったなどと知ったら、佳代子は一体どんな顔をすることだろうか。

そして高志は、ムラムラと目の前の佳代子にも熱い淫気を催しはじめてしまった。

淫魔大王の力で、佳代子だって簡単に落ちてしまうだろうが、あとはモラルの問題だけである。

死んだ清美は、自分の姪《めい》と高志が関係を持つことを嫌がるだろうか。いや、あれから四十年近くも経っているのだから構わないと思うだろうか。

いや、すでにその娘である沙也香を抱いてしまっているのだ。

(生まれて初めての母娘ドンブリ……)

それは、モラル以上に魅惑的だった。

とにかく彼は、まず清美の話に専念することにした。

「貴女のお母さんは、姉としてずいぶん清美さんから私のことも聞いていたようですね」

「ええ、そうなんです。沙也香からラインが来たときも、叔母の遺品をあれこれ出して説明してくれました」

言うと、佳代子はテーブルに並んだアクセサリーを見回して答えた。

「その、叔母とは深い関係にあったのでしょうか」

佳代子が言いにくそうに、それでも聞きたかったようで口に出した。

「ええ、昔の言い方をすればBまででした。Cは、結婚してからという約束だったので。まあ昭和の頃には、そうした清い考えの人も少なくなかったですよ」

「そうですか。私も昭和生まれですが、四十年近く前というと、さらに真面目な人が多かったのでしょうね」

そうした話題になると、佳代子から漂う甘ったるい匂いが、さらに濃くなってきたように感じられた。

何しろ淫魔大王の力で、高志の五感は人並み外れて研ぎ澄まされているのだ。

佳代子も、高志が清美とセックスしていないとなると、どんなふうに今まで彼が欲求を解消してきたのだろうかとか、あれこれ思ってしまったのかも知れない。

「では、他にご結婚しようという女性とは出会わなかったのですか」

「ええ、最初から、もうその気はありませんでしたから。一人の方が気楽だし、一日中家にいる仕事なので、嫁さんが来ても四六時中一緒では息が詰まるでしょう」

「では、結婚を前提としない彼女とかは」

佳代子は、なかなか鋭いところを突いてきた。あるいは彼女自身、相当に欲求を溜め込んでいるのかも知れない。

「セフレですか。いえ、物書きなので妄想派なのでしょうね。もっぱら自分で処理するだけで」

大嘘をつきながらも、だんだん話が生々しくなってきた。

いつしか高志の股間は痛いほど突っ張っていたので、もう我慢できずに切り出そうと思った。

「あの、その欲求解消を、佳代子さんにお願いしてもいいでしょうか」

「え……」

言うと、彼女がビクリと身じろいだ。

欲求はあるようだが、どう答えて良いか分からないのだろう。

とにかくその気があるのに、女性がすぐ落ちないのは、軽い女と思われたくないというその一点のみだった。

だから、ここは高志の方から巧《うま》く誘わなければいけない。

互いに飢えているのだからとか、住まいが離れているので後腐れないとか、そんな陳腐なことは言えない。

「初対面でなんですが、これも何かのご縁と思いますので、お願いできると嬉しいです」

「え、ええ……、叔母の引き合わせかも知れませんね……」

言うと、佳代子も頷いてくれた。

「じゃ、こちらへどうぞ」

高志は言って、布団が敷きっぱなしになっている寝室に彼女を招いた。そして枕に、洗濯済みのタオルだけ掛けた。

窓にはレースのカーテンが引かれているが、外は広い庭なので誰からも見られることはない。

カーテンを二重に引いて暗くなっても、何もかも見えるが、少々明るい方が彼女の羞恥反応が増すことだろう。

「じゃ脱ぎましょうか」

「あ、あの、先にシャワーをお借りしたいのですが」

言うと、佳代子は頬を上気させてモジモジと答えた。

「いえ、僕は朝風呂を終えたばかりで綺麗ですから」

「私は長旅で、かなり汗ばんでいますので」

「どうか今のままでお願いします。昭和時代は、清美さんとのBも、全てナマの匂いが感じられて燃えたものですから」

「ああ、困ったわ……」

佳代子が濃い匂いを揺らめかせて言い、高志は先に脱ぎはじめてしまった。

すると、ようやく意を決したように彼女もブラウスのボタンを外しはじめ、背を向けて脱いだものを部屋の隅に置いていった。

ブラウスとスカートを脱ぐと、ブラとショーツは黒でお洒落なものだ。

あるいはネットで彼の写真などを見て、抱かれても良いという気持ちでお洒落《しゃれ》してきたのかも知れない。

彼は先に全裸になって布団に横たわり、美熟女の脱いでいく様子を観察した。

激しい期待と興奮に、ペニスははち切れそうに突き立って震えている。

何しろ佳代子は、沙也香の母親であり、清美の姪なのだ。

やがて佳代子は最後の一枚を下ろし、彼の方に白く豊満な尻を突き出しながら、一糸まとわぬ姿になって向き直ったのだった。

第五話　美熟女の濡れ花

1

「緊張しないで、もっと力を抜いて」

高志は言いながら、全裸になった佳代子を布団に横たえた。

佳代子は小刻みに熟れ肌を震わせていた。

若い結婚だったから夫以外を知らず、これが初めての不倫なのだろう。

さらに羞恥を与えてやろうと、高志は仰向けにさせた佳代子の足裏に屈み込んで舌を這わせはじめた。

「あう、ダメです……！」

佳代子が驚いたようにビクリと反応し、激しく呻いた。

娘の沙也香は若いぶん好奇心もいっぱいだったが、四十の年代になると、さらに慎みと羞恥が強いようで、それは佳代子の性格にもよるのだろう。

構わず足首を摑んで押さえ、踵から土踏まずを舐めて縮こまった指の間に鼻を割り込ませていった。

さすがに長旅をしてきて、緊張もしていただろうから、そこは生ぬるい汗と脂にジットリ湿り、ムレムレの匂いが濃厚に沁み付いていた。

高志は匂いを貪ってから爪先にしゃぶり付き、綺麗な桜色の爪を舐め、順々に指の股にヌルッと舌を割り込ませて味わった。

「アアッ……、汚いです、いけません」

佳代子がクネクネと身悶えて喘ぎ、それでも拒む力は抜けてしまったようだ。

高志は両足とも、全ての指の股を味わい、蒸れた味と匂いが薄れるほど貪り尽くしてしまった。

そして彼女を大股開きにさせて脚の内側を舐め上げ、白くムッチリした内腿をたどり、熱気と湿り気の籠もる股間に迫っていった。

割れ目の観察は後回しで、まず彼は、

「まんぐり返し！」

必殺技でも繰り出すように言って、佳代子の両脚を浮かせた。

「アア……、は、恥ずかしい……」

佳代子は嫌々をしたが彼は顔を寄せ、突き出されている白く豊満な尻に迫った。

実に形良い尻で逆ハート型をし、谷間には薄桃色の蕾が可憐に襞を息づかせ、ひっそりと閉じられていた。

鼻を埋めて嗅ぐと、弾力ある双丘が顔中に密着し、蕾に籠もる蒸れた汗の匂いが鼻腔を刺激した。

そして舌先でチロチロと蕾を舐めて襞を濡らし、ヌルッと潜り込ませて滑らかな粘膜を味わうと、

「ヒッ……！　ダメ……」

すっかり朦朧となりながら佳代子が息を呑み、キュッと肛門で舌先を締め付けてきた。

あるいは夫から、足指や肛門を舐めてもらったことがないのかも知れない。

高志は内部で舌を蠢かせ、うっすらと甘苦い粘膜を探ってから、ようやく脚を下ろして割れ目に迫った。

ふっくらした丘に茂る恥毛は、程よい範囲に密集し、肉づきが良く丸みを帯びた割れ目からは縦長のハート型をした陰唇がはみ出していた。

指を当てて左右に広げると、ピンクの柔肉全体がネットリと大量の愛液に潤っている。

かつて沙也香が産まれ出てきた膣口は襞を息づかせ、小さな尿道口もはっきり確認できた。そして包皮を押し上げるようにツンと突き立ったクリトリスは、意外に大きめで真珠色の光沢を放っていた。

「そ、そんなに見ないで……」

彼の熱い視線と息を感じ、佳代子がヒクヒクと白い下腹を波打たせて言った。

「オマ×コお舐めって言って」

「そ、そんなこと言えません……」

股間から言うと、佳代子が息を震わせて声を絞り出した。

「言わないとダメ。舐めて欲しいでしょう」

指で割れ目を探ると、すぐにも愛液でヌラヌラと動きが滑らかになった。

「ああ……、お願い、オ……、オマ×コ舐めて……、アアッ！」

佳代子は朦朧としながらも口走り、自分の言葉にビクリと身を震わせ、新たな愛液を漏らしてきた。

もう彼の方も待てず、それ以上焦《じ》らすのを止めて顔を埋め込んでいった。

柔らかな茂みに鼻を擦りつけて嗅ぐと、蒸れた汗とオシッコの匂いが濃厚に沁み付いて、悩ましく鼻腔を刺激してきた。

「いい匂い」

「あう……！」

嗅ぎながら言うと佳代子が呻き、内腿でムッチリときつく彼の両頬を挟み付けてきた。

高志はもがく腰を抱え込んで抑え、匂いを貪りながら舌を這わせていった。

陰唇の内側を探ると、生ぬるく淡い酸味のヌメリが動きを滑らかにさせた。

彼は膣口に入り組む襞をクチュクチュと掻き回し、潤いを掬い取りながら柔肉をたどり、ゆっくりと大きめのクリトリスまで舐め上げていった。

「アアッ……！」

佳代子が声を上げ、ビクッと顔を仰け反らせて内腿に力を込めた。

チロチロと舐め回すと、さらに新たな愛液が泉のようにトロトロと溢れてきた。

舐めながら指を膣口に挿し入れ、内壁を小刻みに擦り、天井のGスポットも圧迫した。

「ダメ、いきそう……！」

彼女が指を締め付けながら悶えて言い、どうやら急激に絶頂が迫ってきたようだった。

高志は指と舌を引き離し、身を起こして股間を進めた。

そして急角度にそそり立っている幹に指を添えて下向きにさせ、先端を割れ目に押し付けて擦り、ヌメリを与えた。

位置を定めると、ゆっくりと膣口に挿入していき、たちまち彼自身はヌルヌルッと滑らかに根元まで吸い込まれていった。

「あう……、すごい……！」

佳代子がビクッと顔を仰け反らせて言い、求めるように両手を伸ばしてきた。

彼が股間を密着させて脚を伸ばし、身を重ねていくと、佳代子が下から激しく両手でしがみついた。

中は熱く濡れ、じっとしていても息づくような収縮がペニスを包み込んだ。

まだ動かず、彼は屈み込んで巨乳に顔を埋め、チュッと乳首を含んで舌で転がした。

顔中に密着して弾む膨らみが心地よく、彼は左右の乳首を順々に含んで舐め回し、徐々に腰を突き動かしはじめた。

「ああ、締まって気持ちいい……」

高志は快感を味わいながら言い、摩擦に高まったがここで果てる気はない。

さらに彼女の腕を差し上げて腋の下にも鼻を埋めると、スベスベのそこは生ぬるくジットリと湿り、何とも甘ったるく濃厚な汗の匂いを籠もらせていた。

「ああ、美女の体臭……」

高志が嗅ぎながら喘ぐと、羞恥にキュッと膣口が締まり、待ち切れないように佳代子がズンズンと股間を突き上げはじめた。

その摩擦快感に彼も激しく高まったが、やはりフェラもされないうち済ませる気はないので、彼女の動きを抑え、ゆっくりと引き抜いてしまった。

「あう……」

快楽を中断された佳代子が呻き、夢から覚めたように目を開けた。

2

「じゃバスルームへ行きましょうか」

「や、やっぱり匂ったのですね……」

言うと、彼女はまた羞恥反応を起こした。

「そうじゃなくて、もっと嗅ぎたいのだけどバスルームでオシッコするところを見たいのでね」

「そ、そんな……」

「さあ、起きましょう」

力が抜けてフラつく佳代子を支え起こし、高志は一緒に立ち上がってバスルームへと移動した。

もちろんまだ洗い流す必要はないので、シャワーの湯も出さずに彼は床に座り、目の前に佳代子を立たせた。

「足をここへ」

言いながら足首を摑んで持ち上げ、バスタブのふちに乗せさせ、

「じゃオシッコ出してね」

彼は言いながら開いた股間に顔を埋めた。恥毛に鼻を擦りつけて悩ましい匂いを貪り、愛液が大洪水になっている割れ目を舐め回した。

「アアッ……、無理です……」

彼女はガクガクと膝を震わせて言い、壁に手を付いてフラつく身体を支えた。

「出るまで待つからね。出してくれたら、あとでうんと気持ち良くさせるよ」

言ってクリトリスを吸い、匂いに酔いしれながら愛液をすすった。

彼女は息を震わせ、出そうかどうか迷いながらも、いつまでもこうしているわけにもいかず、実際刺激されて尿意も高まってきたのだろう。

「ほ、本当に出すんですか……」

「うん、お願い」

出さねば終わらないと悟ったように彼女が言うと、高志は答えて舐め回し続けた。

すると割れ目内部の柔肉が迫り出すように盛り上がり、味わいと温もりが変化してきたので、いよいよその気になったようだ。

「で、出ます、離れて……」

佳代子がか細く言うなり、ようやくチョロチョロと熱い流れがほとばしってきた。

それを彼は舌に受けて味わい、うっとりと喉に流し込んだ。味も匂いも白湯《さゆ》に近いほど控えめで抵抗なく飲み込めた。

「アア……」

次第に勢いを増しながら佳代子が喘ぎ、口から溢れた分が温かく胸から腹に伝い流れ、勃起したペニスが心地よく浸された。

放尿は長く続き、ようやく勢いが衰えて流れが治まると、彼は残り香の中で余りの雫をすすって割れ目を舐め回した。

「も、もうダメです……」

朦朧となった佳代子が言って足を下ろし、力尽きてクタクタと座り込んできた。

それを支えて椅子に座らせ、ようやくシャワーの湯を出して軽く体を洗い流した。洗いすぎて潤いが消えてしまっても困る。

支えて立たせ、互いの身体を拭いてバスルームを出た。

部屋の布団に座らせても、まだ彼女は魂が抜けたようだった。

「じゃ今度は佳代子さんがして」

仰向けになった高志が言って股を開くと、彼女もフラフラと屈み込んできた。

「ここから舐めて」

言いながら彼は自ら両脚を浮かせ、尻を突き出して指で谷間を開いた。

もちろん彼女も厭わず舌を這わせ、自分がされたようにチロチロと肛門を舐めて濡らし、ヌルッと浅く潜り込ませてくれた。

「あう、気持ちいい……」

高志は妖しい快感に呻き、美熟女の舌先を味わうように肛門でモグモグと締め付けた。

彼女が熱い鼻息で陰嚢を濡らし、内部で舌を蠢かせると、内側から刺激されたペニスがヒクヒクと上下した。

脚を下ろすと、佳代子も舌を離し、自然に鼻先に来た陰嚢を舐め回してくれた。

二つの睾丸を舌で転がし、袋全体が生温かな唾液にまみれると、彼は愛撫をせがむように幹を震わせた。

ようやく佳代子も前進し、肉棒の裏側をゆっくり舐め上げ、先端に来ると粘液の滲む尿道口も念入りに舐め回してくれた。

「深く入れて……」

快感を嚙み締めながら言うと、佳代子は張り詰めた亀頭にしゃぶり付き、丸く開いた口でスッポリと喉の奥まで呑み込んでいった。

「ああ、気持ちいい……」

高志は美熟女の口腔に包まれながら喘ぎ、ズンズンと股間を突き上げた。

「ンン……」

喉の奥を突かれた佳代子が小さく呻き、熱い鼻息で恥毛をそよがせながら舌をからめてくれた。

幹を締め付けて吸い、ペニス全体が唾液にまみれると、高志もジワジワと絶頂が迫ってきた。

「い、入れたい。跨いで上から入れて」

言うと佳代子もスポンと口を引き離し、

「私が上ですか……」

顔を上げて股間から訊いてきた。どうやら女上位の経験も少ないようだ。

「うん、下から綺麗な顔を見たいからね」

答え、手を握って引っ張ると、彼女も身を起こして、そろそろと前進してペニスに跨がってきた。

そしてぎこちなく幹に指を添え、唾液にまみれた先端に濡れた割れ目を押し当て、位置を定めると息を詰めて、ゆっくり腰を沈み込ませていった。

張り詰めた亀頭が潜り込むと、あとは重みとヌメリでヌルヌルッと滑らかに根元まで嵌まり込んだ。

「あう……！」

佳代子が顔を仰け反らせて呻き、完全に股間を密着させて座り込んだ。

高志も股間に重みを受け止め、肉襞の摩擦と温もり、締め付けと潤いを感じながら快感を嚙み締めた。

佳代子は上体を反らせながら目を閉じていたが、やがて起きていられなくなったように身を重ねてきた。

彼も下から両手で抱き留め、僅かに両膝を立てて豊満な尻を支え、やがてズンズンと突き上げはじめていった。

3

「アアッ……、すごい……」

佳代子が熱く喘ぎ、合わせて激しく腰を遣いはじめた。

溢れる愛液に動きがすぐ滑らかになり、クチュクチュと淫らに湿った摩擦音が聞こえてきた。

下から顔を引き寄せ、ピッタリと唇を重ねて舌を潜り込ませた。滑らかな歯並びを左右にたどると、

「ンンッ……」

佳代子も呻いて歯を開き、ネットリと舌をからませてきた。

高志は彼女の吐息に熱く鼻腔を湿らせ、滑らかに蠢く舌の生温かな唾液を味わった。

動くうち、溢れる愛液が彼の陰嚢の脇から肛門にまでヌラヌラと伝い流れて生温かく濡らした。

「アアッ、い、いきそう……！」

佳代子が口を離し、淫らに唾液の糸を引きながら熱く喘いだ。

湿り気ある吐息は白粉《おしろい》のように甘い匂いを含み、悩ましく彼の鼻腔を刺激してきた。

「唾垂らして」

言うと、佳代子も快感に乗じ、喘ぎ続けて乾いた口中に懸命に唾液を分泌させ、形良い唇をすぼめて迫った。そしてクチュッと白っぽく小泡の多い唾液を垂らしてくれた。

舌に受けて味わい、うっとりと喉を潤すと甘美な悦びが胸に広がり、さらに彼は突き上げを激しくさせた。

「ね、顔に唾をペッて吐きかけて」

「そ、そんなこと出来ません……」

さすがに彼女がためらいに声を震わせた。

「できるよ。人の口にオシッコ出せたんだから」

「ああッ……！」

言うと佳代子が羞恥を甦らせて喘ぎ、収縮を強めていった。

「して」

再三促すと、ようやく彼女も再び唇に唾液を溜め、息を吸い込んで止めて迫ると、ペッと吐きかけてくれた。

かぐわしい吐息と生温かな唾液の飛沫を顔中に受け、高志はうっとりと酔いしれた。

「ああ、気持ちいい。まさか、こんなはしたないことを本当にするとは」

「い、いやッ……！」

からかうように言うと佳代子が声を上げ、クネクネと激しく身悶えた。

そして、とうとうガクガクと本格的に狂おしい痙攣を開始したのだ。

「い、いく、いい気持ち、アアーッ……！」

声を上ずらせ、潮でも噴くように大量の愛液を漏らして互いの股間をビショビショにさせた。

その収縮の渦に巻き込まれるように、続いて高志も昇り詰めてしまった。

「く……！」

突き上がる大きな絶頂の快感に呻き、彼は熱い大量のザーメンをドクンドクンと勢いよく柔肉の奥にほとばしらせた。

「あう、感じる……！」

噴出を受け止め、彼女は駄目押しの快感を得たように呻き、まるで放たれたザーメンを飲み込むようにキュッキュッときつく締め上げてきた。

あまりに締まりが良すぎ、ややもすればヌメリに押し出されそうになるのを堪え、彼は懸命に股間を突き上げて心ゆくまで快感を味わった。

これほどの名器なのに、ノーマルな夫一人しか知らないのは実に勿体《もったい》ないと思った。

やがて最後の一滴まで出し尽くすと、彼はすっかり満足して徐々に突き上げを弱めていった。

いつしか佳代子は失神したように熟れ肌の強ばりを解き、グッタリと彼にもたれかかっていた。

しかし膣内はまだ名残惜しげな収縮が繰り返され、射精直後のペニスが刺激され、ヒクヒクと幹が過敏に跳ね上がった。

「あう、もう堪忍……」

古風な言い方をした佳代子も敏感に反応し、幹の震えを抑えるようにキュッときつく締め上げてきた。

高志は美熟女の重みと温もりを受け止め、熱くかぐわしい吐息で胸をいっぱいに満たしながら、うっとりと快感の余韻を味わったのだった。

「こ、こんなに感じるなんて……、中でいけたの初めてです……」

佳代子が荒い呼吸を繰り返しながら、か細く言った。

どうやら、初めての膣感覚によるオルガスムスだったようだ。ということは、クリトリスによる絶頂は、夫なり自分なりで経験しているのだろう。

「もともと感じるように出来ているんだから、しないと勿体ないよ。これからも上京の折りに寄るといいよ」

高志が言うと、答えるように佳代子が強く締め付けた。

長く乗っているのを悪いと思ったか、やがて彼女がそろそろと股間を引き離し、ゴロリと横になった。

腕枕してやると、彼女は横からピッタリと熟れ肌を密着させて呼吸を整えていたが、いつしか軽やかな寝息を立てていた。

旅の疲れと、精根尽き果てるほど初めての大きな絶頂で眠り込んでしまったようだ。

高志の関係した女性たちの中で、最年長の彼女が一番少女のように可愛らしい反応を示していた。

高志は、夭折した清美の姪っ子が目を覚ますまでじっとしていた。腕は痺《しび》れるが、その重みと温もりが心地よかった。

やがて寝返りを打とうとすると、佳代子が目を覚まし、一瞬ここがどこか分からないように周りを見回した。

「ご、ごめんなさい、私すっかり……」

「ううん、いいよ。寝顔が可愛かったから」

「まあ……」

彼女は羞じらいに声を洩らしたが、まだ快楽の余韻に力が入らないようだ。

やがて高志は身を起こし、彼女を支えながら再びバスルームへ行って、今度は念入りに互いの全身を洗い流した。

佳代子もようやくほっとして自分を取り戻したようだが、彼自身はまたムクムクと回復してしまった。

しかし彼女はもう充分だろう。これから沙也香に会い、一緒に夕食をするのだから力が抜けたままでは困る。

「ね、また勃っちゃった。お口でして」

高志は言って身を起こし、バスタブのふちに腰を下ろし、座っている彼女の鼻先で股を開いた。

すると佳代子も顔を寄せ、先端をチロチロ舐め回してから、丸く開いた口でスッポリと呑み込んでくれた。

そして顔を前後させ、スポスポと濡れた口でリズミカルな摩擦を開始した。

「ああ、気持ちいい……」

高志は快感に喘ぎ、急激に高まった。

もちろん淫魔大王の力をもらい、射精も自在である。通常は相手が果てるまで我慢できるが、今は一方的な愛撫を受けているので長引かせる必要はなかった。

「い、いく……！」

彼は我慢せず、あっという間に絶頂に達して喘いだ。

同時に、ありったけの熱いザーメンがドクンドクンと勢いよくほとばしり、美熟女の喉の奥を直撃した。快感も、ザーメンの量も初回と変わりない。

還暦になって立て続けに出来るのだから、淫魔大王様々である。

「ク……、ンン……」

彼女は噴出を受け止めて小さく呻き、なおも吸引と摩擦、舌の蠢きを続行してくれた。

「ああ、いい……」

高志は快感を嚙み締めて喘ぎ、心置きなく最後の一滴まで出し尽くしていった。

出なくなると彼女も動きを止め、亀頭を含んだまま口に溜まったザーメンをゴクリと一息に飲み干してくれた。

「あう……」

喉が鳴ると同時に口腔がキュッと締まり、彼は駄目押しの快感に呻いてヒクヒクと幹を震わせた。

ようやく佳代子も口を離し、両手で拝むように幹を挟んでしごきながら、尿道口に脹らむ余りの雫まで貪るように舐め取ってくれた。

「も、もういい、有難う……」

高志は過敏に反応しながら言い、やっと佳代子も舌を引っ込めてくれたのだった。

4

身繕いを終えると駅まで送ってやり、高志は佳代子と別れた。

「じゃ沙也香ちゃんによろしくね」

ラインを交換した彼女も透き通った笑顔でまた会うことを約し、すっかり元気な足取りで改札に入っていったのだった。

高志は、そのまま本屋でも回って帰ろうと思ったが、そのとき正恵からラインが入り、すぐ近くまで来ているので、今日これから家に来たいと言う。

二十二歳の正恵は沙也香の先輩で、昨日3Pをした女子大生である。

彼も快諾してスマホをしまい、寄り道せず帰宅しようと思った。

そのとき、彼は歩いている正恵を見つけ、なんて運が良いのだろうと思った。これから高志の家を探そうと思っていたのだろう。

近づいていくと、いきなり正恵はキャッチセールスの若い男に声を掛けられた。

「パーティがあるんだけど誘っていいかな」

「結構です」

「そう言わずに話だけでも」

「気安く話しかけないで下さい」

正恵は気丈に答えたが、男は退路を塞ぐようにしつこく彼女の前に立ちふさがった。

やはり、颯爽《さっそう》とした長身で美しい正恵は魅力なのだろう。

高志は迫って声を掛けた。

「おい、よせ」

「なにい、このジジイ！」

言うと、男は凶悪に顔を歪めて高志に迫って睨んだ。正恵は高志を見て顔を輝かせたが、それでもさすがに不安そうに身をすくませている。

「頭の悪そうな顔だな。可哀想《かわいそう》に、バカな親から生まれたんだな。親を殺してお前も死ね。これは命令だ」

「何だと！」

激昂《げっこう》した男が拳を振り上げたので、

「地獄へ堕ちろ」

高志が言うなり、男はビクリと硬直し、そのまま座り込んでコンビニのゴミ箱に寄りかかった。

「さあ行こうか」

「先生……」

正恵が駆け寄り、一緒に家の方へと向かいはじめた。

「あの人は、どうなったんですか……」

正恵が振り返って言う。

「ああ、これから地獄へ堕ちるんだ。座り込んで、死ぬまで自分で息を止めているんだろうね」

「す、すごいわ。やっぱり冥界と繋がりがあるんですね」

正恵が尊敬の眼差しで言った。神秘学の好きな彼女は、高志が小野篁のように黄泉の国と行き来していることを初対面で唯一見破った子である。

そこへ高志のスマホが鳴り、出ると淫魔大王からだった。

「ああ、今の男の両親も地獄へ引き込んだ。どうせバカの家系だから日本から消えてなくなってもらう。これで今日の三人のノルマは達成」

「はい、お疲れ様です。あ、それから今日、沖田総司君を呼んで欲しいんですが」

彼は答えてスマホを切った。

「誰からなんです？」

「地獄にいる大王」

「わあ、閻魔様とも知り合いなんですね。それに総司様も来てくれるんですか」

沖田総司ファンの正恵が目をキラキラさせて言った。

「閻魔さんは休んでいるので、代わりの淫魔大王」

高志は答え、やがて一緒に戻って家に入ったのだった。

すると中に、すでに沖田総司が座り、傍らでは淫魔が酒を飲んでいるではないか。

総司は、絣《かすり》の着物に小倉《こくら》の袴《はかま》、脇差を帯び傍らには大刀。月代《さかやき》を剃《そ》り顔色も良いので、労咳《ろうがい》で死ぬ間際ではなく、全盛期だった二十代前半の姿のようだ。

「これは、沖田さん、ようこそ」

高志が座って言うと、彼も笑みを洩らして頭を下げた。

「わあ、総司様がいらっしゃるんですか！」

正恵が目を輝かせたが、やはり姿は高志にしか見えないらしい。

「うん、いる。何も見えないだろうけど、訊きたいことがあれば代わりに訊いてあげるからね」

言うと正恵も座り、総司がいそうな方に熱い眼差しを向けた。

「好きな女性はいたんですか」

「ええ、もちろん何人か、思うだけですが」

正恵が訊くと、総司が答えた。

その返事は聞こえないので高志が通訳してやると、

「やはり医者の娘さんですか？」

「ええ、それもいましたが、他に島原の人や、お梅さんも綺麗でしたし」

「そう、密《ひそ》かに思うばかりだったんですね」

正恵は胸をいっぱいにさせて言った。

そして高志も総司にインタビューをし、終えると正恵は名残惜しいまま彼のいる方を手探りしたりした。

「大王、そろそろお引き取りを」

高志は、すっかり酔って寝ている淫魔を揺り起こした。何しろこれから正恵とするのだから、居座られても困る。

やがて淫魔は起き、渋々総司を連れて黄泉の国へと戻っていったのだった。

5

「感激です。まだドキドキしてます」

高志と二人きりになっても、正恵はいつまでも頬を紅潮させて言った。

まあ、そのドキドキも快楽の方に移りやすくなっているだろう。

「三人の戯れも楽しかったけど、やはり二人きりの方がいいね」

高志は話を切り替え、布団の敷かれた部屋に彼女を招いて言った。3Pは一生に何度もないお祭りで、やはり秘め事は一対一の方が淫靡《いんび》で良い。

「ええ、もう沙也香がいなくても心細くないです」

「じゃ脱ごうね」

脱ぎはじめて言うと、正恵もその気で来ているから、すぐにもブラウスのボタンを外しはじめてくれた。

もちろん高志も、佳代子を相手に二回の強烈な射精をしていたが、相手さえ代われば淫魔の力などなくたって何度でも出来る。

まして正恵は、彼より三回り以上も年下の女子大生だ。

美熟女の主婦のあと、女子大生を相手に出来るとは恵まれすぎている。

先に全裸になった高志は布団に仰向けになり、やがて一糸まとわぬ姿になった正恵を招いた。

「じゃ顔に足を乗せてね」

言うと正恵は緊張気味に迫り、彼の顔の横に立つと、壁に手を突いて身体を支えながら、そろそろと片方の足を浮かせてきた。

「アア、黄泉の国と通じている人を踏むなんて……」

正恵は声を震わせながら、それでも邪鬼を踏むように足裏を顔に乗せてきてくれた。

高志はうっとりと感触を味わい、勃起しながら舌を這わせた。

「あう……」

正恵が呻き、くすぐったそうにビクリと脚を震わせた。

初めての二人きりだから緊張はあるが、前回のあまりの快感に期待も大きいのだろう。

見上げる割れ目もすでに熱く潤いはじめているようだった。

指の股に鼻を押し付けると、やはり蒸れた匂いが濃く沁み付き、彼は舌を割り込ませて生ぬるい汗と脂の湿り気を味わった。

「アア……」

正恵が喘ぎ、時にバランスを崩してギュッと踏みつけてきた。

彼は舐め尽くすと足を交代させ、そちらの指の間も全て貪り尽くした。

「じゃしゃがんでね」

彼は言って正恵の足首を摑み、顔の左右に置いた。正恵も和式トイレスタイルで、ゆっくりしゃがみ込むと、長い脚がM字になり、白い内腿がムッチリと張り詰め、割れ目が鼻先に迫った。

割れ目からはみ出す陰唇が開き、ヌメヌメと潤う柔肉と、小指の先ほどもあるクリトリスが覗いた。

腰を抱き寄せ、若草の丘に鼻を埋め込んで嗅ぐと、蒸れた汗とオシッコの匂いに混じり、ほのかなチーズ臭も混じって悩ましく鼻腔を掻き回してきた。

「いい匂い……」

嗅ぎながら言うと正恵が羞恥に息を詰め、思わず座り込みそうになりながら懸命に彼の顔の左右で両足を踏ん張った。

舌を挿し入れると、ヌルリとした淡い酸味のヌメリが迎え、彼は膣口の襞を掻き回し、大きめのクリトリスまでゆっくり舐め上げていった。

「アアッ、いい気持ち……」

正恵が熱く喘ぎ、内部の柔肉を蠢かせながら新たな愛液を漏らしてきた。

味と匂いを堪能してから、彼は白く丸い尻の真下に潜り込み、顔中に双丘の弾力を受け止めながら谷間に閉じられた薄桃色の蕾に鼻を埋め込んで嗅いだ。

蒸れた匂いが籠もり、彼は鼻を擦りつけて貪ってから、舌を這わせて襞を濡らし、ヌルッと潜り込ませた。

「あう……！」

正恵が呻き、キュッときつく肛門で舌先を締め付けてきた。

内部で舌を蠢かせ、滑らかな粘膜を探ってから、彼は再び割れ目に戻ってヌメリをすすり、クリトリスに吸い付いた。

「あう、ダメ、吸われると、何だか漏れてしまいそう……」

「いいよ、出しても」

正恵が息を詰めて言い、高志は真下から答えた。どうせ淫魔大王の力を宿しているのだから、布団を濡らすようなこともなく全て飲み込めるだろう。

「い、いいんですか、多くは出ないと思うけれど……」

正恵も刺激に軽い尿意を催して言い、彼はなおも吸い続けた。

「あう、出ちゃう……」

やがて彼女が柔肉を蠢かせていい、同時に熱い流れがチョロッとほとばしってきた。

それを味わって喉を潤し、淡い匂いと味わいを堪能した。もちろん仰向けでも噎せるようなこともない。

「アア……、変な気持ち……」

正恵が喘ぎながらゆるゆると放尿した。

確かに、座敷の布団の上で、人の顔に跨がって放尿するのだから、誰にも出来ることではないだろう。

しかし、やはりあまり溜まっていなかったようで、溢れる前に流れが治まった。

高志もこぼすことなく全て飲み込み、残り香の中で内部に舌を這わせた。

するとと残尿の味わいが薄れ、新たな愛液のヌメリが満ちていった。

「も、もうダメ、いきそう……」

正恵が息を詰めて言い、ビクッと股間を引き離してしまった。座ったまま果てるのを惜しむというより、やはり一つになりたいのだろう。

「じゃお口で可愛がって」

彼が仰向けのまま言って大股開きになると、正恵も素直に移動し、彼の股間に腹這い、顔を寄せてきた。

そして粘液の滲む尿道口を舐め回し、スッポリと喉の奥まで呑み込んでくれた。

女子大生の温かな口に深々と含まれ、高志はうっとりと快感を味わった。

正恵も念入りに舌を這わせて吸い付き、顔を上下させて強烈な摩擦を開始してくれた。

6

「い、いきそう。跨いで入れて……」

すっかり絶頂を迫らせた高志が言うと、正恵もチュパッと口を離して顔を上げ、身を起こして前進した。

彼の股間に跨がり、自ら先端に割れ目を押し当て、ゆっくり膣口に受け入れた。

さっきと同じ体位なので、高志は何やら佳代子か正恵か、どちらが相手なのか分からなくなるほど快感にのめり込んでいった。

「アアッ、すごい……」

ヌルヌルッと滑らかに根元まで嵌め込むと、正恵が顔を仰け反らせて喘ぎ、ピッタリと股間を密着させた。

高志も摩擦と温もりを味わい、両手で彼女を抱き寄せていった。

顔を上げ、潜り込むようにして彼女の胸に顔を埋め、チュッと乳首に吸い付いて舌で転がすと、ほんのり汗ばんだ胸元や腋から、甘ったるい匂いが漂ってきた。

両の乳首を含んで舐め回し、顔中で張りのある膨らみを味わってから腋の下に鼻を埋めると、さらに濃厚に甘ったるい汗の匂いが鼻腔を満たしてきた。

蒸れた匂いに酔いしれながら腋にも舌を這わせると、

「ああ……」

正恵がくすぐったそうに喘いで身悶え、同時にキュッキュッと膣内が締まった。

徐々に彼も股間を突き上げはじめ、白い首筋を舐め上げて唇を重ねた。

次第にズンズンと勢いを付けて股間を突き上げていくと、溢れる愛液で律動が滑らかになってきた。

「ンンッ……」

正恵も舌をからめながらあつく呻き、腰を動かしてリズミカルに動きを合わせてきた。ピチャクチャと音が聞こえ、収縮も高まってきたようだ。

「アア、い、いきそう……」

正恵が口を離して喘ぎ、彼はその口に鼻を押し込んで熱気を嗅いだ。正恵の吐息は前と同じ濃厚なシナモン臭で、悩ましく鼻腔を刺激された。

「ああ、顔中ヌルヌルにして……」

高志も高まって言うと、正恵は喘ぎながら舌を這わせ、彼の鼻の穴から鼻筋、頬まで舐め回してくれた。舐めるというより吐き出した唾液を舌で塗り付けるほど大胆で、たちまち顔中が女子大生の生温かく清らかな唾液でヌラヌラとまみれた。

高志は唾液と吐息の匂いに包まれながら股間を突き上げ、とうとう先に昇り詰めてしまった。

「く……！」

大きな快感に呻きながら、ありったけの熱いザーメンをドクンドクンと勢いよく注入すると、

「い、いっちゃう、アアーッ……！」

噴出を受け止めた途端、正恵もオルガスムスのスイッチが入ったように声を上げ、ガクガクと狂おしい痙攣を開始した。

彼は心地よい摩擦と締め付け、正恵の匂いに酔いしれながら快感を味わい、最後の一滴まで出し尽くしていった。

ようやく気が済んで徐々に突き上げを弱めていくと、

「ああ……」

正恵も小さく声を洩らし、硬直を解いてグッタリと体重を預けてきた。

高志は息づく膣内でヒクヒクと過敏に幹を震わせ、女子大生の悩ましい吐息を嗅ぎながら、うっとりと余韻に浸り込んでいったのだった。

重なったまま呼吸を整え、やがて股間を引き離すと二人でバスルームに行き、やがて身繕いをすると正恵は満足げに帰っていったのだった。

今日はもう充分である。

日も暮れてきたので高志は一人で夕食を済ませ、少し執筆してから寝ることにした。

「喜世美……」

布団に入って声を掛けてみたが、彼女からの返事はない。

もう何日も会っていないが、どうしたのだろうか。

あるいは、人の男と交わっているから、嫉妬から他のヨモツシコメたちに苛められ、監禁でもされているのではないだろうかと心配になった。

井戸の底へ見にいこうかとも思ったが、さすがに今日は疲れたので、彼はそのまま眠ってしまったのだった……。

――翌朝、高志は起きて冷凍物で軽い朝食を済ませ、いつもの朝風呂に浸かりながら歯磨きをした。

そして着替えると、今日は予定もないので執筆をした。

すると途中でラインの着信があり、出て見ると佳代子からだった。

昨夜は娘の沙也香の部屋に泊まり、これから長野に帰るのだが、その前にもう一度会いたいという。

もちろん高志に否やはない。佳代子も、次の上京が今度はいつになるか分からないので、昨日の今日だが、また会っておきたいのだろう。

待つうちに、やがて佳代子がやって来た。

やはり期待に頬を上気させ、甘ったるい匂いを漂わせているので、高志もすぐに布団の敷かれた部屋に彼女を招いたのだった。

7

「済みません。昨日お邪魔したばかりなのに慌ただしくて」

佳代子が言う。高志が、すでに娘の沙也香とも関係しているなど夢にも思っていないだろう。

「いいえ、嬉しいです。じゃ脱ぎましょうか」彼は言い、自分から脱ぎはじめた。

「ああ、そんなつもりで来たのでは……」

佳代子はモジモジしながら答えた。

「帰りの電車は、時間が決まっているのですか?」

「いいえ、特に……」

「じゃゆっくり出来るでしょう。お風呂も沸いてますから」

たちまち全裸になった高志が言い、勃起したペニスを突き付けると、

「アア……」

熱い視線を向けた佳代子が喘ぎ、まだ着衣のまま彼の腰を抱え、鼻先でヒクつく先端にしゃぶり付いてきた。

高志も立ったまま深々と押し込み、股間に熱い息を受けながら快感に膝を震わせた。

「ンン……」

佳代子は喉の奥まで呑み込み、小さく鼻を鳴らしながら舌をからめ、そのままブラウスのボタンを外していった。

彼は美熟女の口の中で唾液にまみれた幹をヒクつかせ、ズンズンと股間を突き出して唇の摩擦を味わった。

佳代子もくわえたまま脱いでゆき、やがて口を離すと、あとは手早く脱ぎ去って全裸になった。

彼女を仰向けにさせると、高志は左右の乳首を含んで舐め回し、腋の下も嗅いでから肌を舐め降りた。

沙也香の部屋でシャワーでも浴びてきたのだろうか、昨日ほど匂いは濃くないのが物足りないが、佳代子は初対面の昨日より期待が大きい分、最初からクネクネと激しく身悶えはじめていた。

高志は熟れ肌を舐め、足指の股に鼻を埋め、微かに蒸れた匂いを貪ってから爪先をしゃぶり、脚の内側を舐め上げて股間に顔をうずめていった。

柔らかな茂みに鼻を擦りつけて嗅いでも、淡く蒸れた匂いしか感じられず、それでも舌を挿し入れると愛液は昨日以上に大洪水になっていた。

舌を挿し入れて膣口を掻き回し、クリトリスまで舐め上げると、

「アアッ……！」

佳代子が熱く喘いで身を弓なりに反らせ、彼の耳が聞こえなくなるほど両の内腿を締め付けてきた。

執拗にクリトリスを舐め回し、さらに両脚を浮かせて尻の谷間に鼻を埋めたが、やはり蒸れた微香が籠もっているだけだ。

舌を這わせてヌルッと差し入れると、

「あう、ダメ……」

佳代子が腰をよじって呻き、もがきながら寝返りを打ってしまった。

そのまま彼は身を起こし、うつ伏せになった佳代子の尻を浮かせ、バックから先端を割れ目に押し当てた。そしてヌルヌルッと一気に膣口に押し込むと、

「アア……、すごいわ……」

佳代子が顔を伏せて喘ぎ、白く豊満な尻をくねらせた。

バックから深々と貫くと、股間に密着する尻の丸みが心地よく弾んだ。

高志は滑らかな背に覆いかぶさり、両脇から手を回し、たわわに実って揺れる巨乳をわし掴みにして腰を突き動かしはじめた。

溢れる愛液にすぐ滑らかな動きになり、肌のぶつかる音に混じり、ピチャクチャと摩擦音が響いた。

高志は肉襞の摩擦と名器の締め付け、尻の感触を味わいながら高まっていった。

しかし、やはり顔が見えず、唾液や吐息が貰《もら》えないのが物足りず、ここで果てる気はなかった。

いったんヌルッと引き抜き、佳代子を横向きにさせ、上の脚を真上に持ち上げた。

そして下の内腿に跨がり、今度は松葉くずしの体位で挿入し、上の脚に両手でしがみついた。

すると交差した股間が密着感を高め、しかも擦れ合う内腿の感触も実に心地よかった。

「アア、いい気持ち……」

佳代子も喘ぎながら懸命に腰を動かし、彼自身を心地よく締め付けた。

やがて感触を味わっただけで彼は再び引き抜き、佳代子を仰向けにさせて正常位で交わった。

そして股間を密着させ、脚を伸ばして身を重ねていくと、

「お願い、もう抜かないで……」

佳代子が、下から激しくしがみつきながら言った。

高志ものしかかって腰を突き動かし、胸の下で巨乳を押しつぶしながら唇を重ねていった。舌をからめ、生温かな唾液を味わっていると、佳代子もズンズンと股間を突き上げはじめ、

「い、いきそう……！」

口を離して熱く喘いだ。

高志は、彼女の吐き出すかぐわしい白粉臭の息で鼻腔を満たしながら、いつしか股間をぶつけるように激しく律動した。

揺れる陰嚢まで生温かな愛液に濡れ、ヒタヒタと淫らに音を立てた。

やがて膣内の収縮が最高潮になり、入っているペニスを押し出すかのようにキュッと締まった。

「い、いく……、アアーッ……！」

とうとう佳代子が顔を仰け反らせて声を上げ、ガクガクと狂おしいオルガスムスの痙攣を開始した。

それはまるで、彼を乗せたままブリッジするように激しい腰の跳ね上げで、彼はグッと股間を押しつけたまま、肉襞の蠢動《しゅんどう》の中で絶頂に達してしまった。

「く……！」

突き上がる大きな快感に呻き、彼は熱いザーメンをドクンドクンと勢いよく肉壺の奥に注入した。

「あう、熱いわ……！」

奥深くに噴出を感じると、駄目押しの快感に佳代子が呻き、何度もヒクヒクと熟れ肌を波打たせた。

高志は溶けてしまいそうな快感を味わいながら突きまくり、心置きなく最後の一滴まで出し尽くしていった。

すっかり満足しながら動きを弱めてゆく、熟れ肌に遠慮なく身を預けていくと、

「ああ……」

佳代子も熟れ肌の硬直を解いて喘ぎ、グッタリと力を抜いて身を投げ出していった。

息づく膣内に刺激され、過敏に幹がヒクヒク震えると、

「も、もう暴れないで……」

佳代子も息を詰めて言った。

高志はもたれかかったまま膣内の収縮と、胸の下で押し潰れる巨乳の弾力を味わい、かぐわしい吐息を嗅ぎながらうっとりと余韻を噛み締めた。

呼吸もまだ整わないが、やがて敏感な膣内から離れてやろうと彼が身を起こすと、

「まだ離れないで……」

佳代子が再び、激しく両手でしがみついて口走った。

「重いでしょう……」

「ううん、重いのが嬉しいの……」

囁くと佳代子が甘い息で答え、そのまま余韻を味わいたいようだった。

彼も遠慮なく体重を預け、熟れ肌に密着したまま呼吸を整えた。

いつしか佳代子はまた眠ってしまったかのように目を閉じ、じっと熟れ肌を息づかせていた。

彼も、このまま佳代子が自分を取り戻すまでじっとしていようと思った。

ふと気配に気づいた彼が目を上げると、部屋の隅の薄暗い一角に人影が見えた。

（ん……？）

目を凝らすと、それは淡いレモン色の衣のヨモツシコメではないか。うずくまり、まるで飛びかかる寸前の猫のような体勢だ。

乱れた長い黒髪の間から、目の吊り上がった鬼女の顔がじっとこちらを睨んでいる。

「き、喜世美……！」

気づいた高志が驚いて声を掛けると、彼女はそのままスウッと消え去ってしまったのだった……。

第六話　最初で最後の恋

1

「じゃ、これが長編のゲラになりますので」

朝一番に訪ねてきた恵理子が、卓袱台にゲラの束を置いて高志に言った。

今日はアポ無しではなく、恵理子から事前にゲラを届けに来るという連絡があったので、高志も彼女が来る頃合いに合わせてシャワーと歯磨きと放尿を終えて、すっかり準備を整えておいた。

彼女は二十三歳の清楚なメガネ美女、新人編集で奇跡的に処女だったのを、高志が先日頂いてしまったのである。

「うん、分かった。すぐにもチェックして返送するからね。じゃあっちの部屋へ行こう」

高志が勃起しながら言うと、恵理子もその気で来ていたらしく、すぐにも色白の頬を紅潮させた。

高志が先に部屋へ移動すると、モジモジと恵理子も従ってきた。もちろん布団は敷きっぱなしである。

彼が脱ぎはじめると、恵理子も緊張しながらブラウスのボタンを外していった。どうせ言ってもシャワーは浴びさせてくれないのは知っているし、快楽を覚えはじめた彼女自身、すでに待ち切れなくなっているのだろう。

やがて互いに全裸になると、彼はメガネだけ掛けたままの恵理子を布団に仰向けに横たえた。

そして高志は彼女の足裏に顔を寄せ、踵から土踏まずに舌を這わせていった。

「あう、そんなところから……」

恵理子がビクリと脚を震わせて呻いたが、もちろん拒みはしない。ただ朝から歩き回り、汗ばんでいるのが恥ずかしいのだろう。

構わず足首を摑んで押さえ、彼は三回り以上も年下の美女の足裏を両方とも交互に舐め、縮こまった指の股にも鼻を割り込ませて嗅いだ。

そこはやはり汗と脂に生ぬるくジットリと湿り、ムレムレの匂いが濃厚に沁み付いていた。高志は美女の蒸れた匂いを貪り、爪先にしゃぶり付いて全ての指の間に舌を挿し入れて味わった。

「アアッ……！」

恵理子は身をくねらせ、もう我を忘れて喘ぎはじめていた。

やはり処女とはいえバイブ挿入で快感を知っており、先日の初体験でも想像以上の快楽が得られたので、今日も絶大な期待を持って来たのだろう。

彼は両足とも味と匂いが薄れるほど貪り尽くすと、大股開きにさせ、滑らかな脚の内側を舐め上げていった。

白くムッチリと張りのある内腿を舌でたどると、股間から発する熱気と湿り気が顔中を包み込んできた。

見ると割れ目からはみ出した陰唇が、すでにヌラヌラと大量の蜜に潤っていた。

彼も堪らず恵理子の股間に顔を埋め込み、柔らかな恥毛に籠もった汗とオシッコの匂いを貪りながら、花びらの間に舌を挿し入れていった。

「アアッ……！」

恵理子がビクッと顔を仰け反らせて喘ぎ、弾力ある内腿でキュッときつく彼の両耳を塞いできた。

高志は匂いを貪りながら舌を挿し入れ、淡い酸味のヌメリを味わいながら、息づく膣口の襞からクリトリスまでゆっくり舐め上げていった。

「あう、いい気持ち……！」

恵理子が内腿に力を込めて呻き、白い下腹をヒクヒクと波打たせた。

チロチロと舌を執拗にクリトリスに這わせ、チュッと吸い付くと愛液の量が増し、彼はヌメリをすすってから、恵理子の両脚を浮かせて形良い尻に迫った。

谷間にひっそり閉じられたピンクの蕾に鼻を埋め込むと、顔中に双丘が心地よく密着し、蒸れた微香が感じられた。

湿り気を嗅いでから舌を這わせ、細かに息づく襞を濡らしてヌルッと潜り込ませると、

「く……！」

彼女が呻き、キュッと肛門できつく舌先を締め付けてきた。

高志は内部で舌を蠢かせ、滑らかな粘膜を探ると、もう我慢できずに一度挿入したくなってきた。

脚を下ろして再び割れ目を舐めると、やがて身を起こして股間を進めていった。

「ま、待って下さい。入れるなら、これをお尻の穴に……」

恵理子が意外なことを言い、置いたバッグから何かを取り出して彼に手渡した。

受け取って見ると、それはピンク色した楕円《だえん》形のローターではないか。

どうやら彼女は学生時代の先輩と、レズごっこでバイブを使って戯れていたようだが、アヌスにもローターを入れていたらしい。

してみたくて持って来たのだろうが、彼は恵理子の清楚な顔立ちと欲望への貪欲さのギャップ萌えに興奮し、唾液に濡れた肛門にローターを押し当て、親指の腹でズブズブと潜り込ませていった。

「あうう……」

恵理子は目を閉じて呻き、懸命に括約筋を緩めてローターを受け入れた。

肛門の襞が伸びきって張り詰め、見る見るローターは奥まで入って見えなくなった。あとは電池ボックスに繋がるコードが伸びているだけである。

スイッチを入れると、中からブーン……とくぐもった振動音が聞こえ、彼女の全身がクネクネと悶えた。

高志も股間を進め、幹に指を添えて先端を割れ目に擦り付け、ヌメリを与えながら膣口に位置を定めた。

感触を味わいながらゆっくり挿入していくと、やはり直腸がローターに塞がれているので、前の時より膣の締まりが増していた。

ヌルヌルッと根元まで押し込み、股間を密着させると肉襞の摩擦と収縮に加え、ローターの振動が間の肉を通してペニスの裏側にも伝わってきた。

「アアッ……、すごいわ……！」

恵理子も激しく声を上げ、彼は身を重ねていった。

動かなくても振動と締め付けで、急激に絶頂が迫ってきた。

彼は屈み込み、左右の乳首を含んで舐め回し、顔中で膨らみの感触を味わった。

さらに恵理子の腕を差し上げ、生ぬるく湿った腋の下にも鼻を埋め込み、甘ったるい汗の匂いに噎せ返った。

そして白い首筋を舐め上げ、上からピッタリと唇を重ねていくと、

「ンンッ……！」

彼女は熱く呻き、下から両手を回して激しくしがみついてきた。

高志は舌を挿し入れながら、徐々に腰を突き動かしはじめていった。

「ああ……、い、いきそう……！」

舌をからめていられず、恵理子が口を離して喘ぎ、下からもズンズンと股間を突き上げてきた。

そして高志が果てないまま、あっという間に彼女がガクガクと狂おしいオルガスムスの痙攣を開始してしまったのだ。

「いく……、アアーッ……！」

恵理子が身を反らせて声を上げ、大量の愛液を漏らしながら乱れに乱れた。

しかし彼は、やはりまだしゃぶってもらっていないので、収縮の中でも保《も》ち、やがて恵理子は嵐が過ぎ去ったようにグッタリと身を投げ出してしまった。

「アア……」

声を洩らして硬直を解いたので、高志は身を起こし、そろそろと股間を引き離していった。そして電池ボックスのスイッチを切り、ちぎれないよう気をつけながらコードを握って引っ張った。

2

再び可憐な肛門が丸く開かれ、奥からローターが顔を覗かせて襞が伸びきった
間もなく排泄《はいせつ》するようにローターがツルッと抜け落ちると、一瞬粘膜を覗かせた肛門も、徐々につぼまって元の可憐な形へと戻っていった。

ローターに汚れの付着や曇りはないが、一応ティッシュに包んで置き、彼は恵理子に添い寝していった。

まだ彼女はヒクヒクと肌を震わせ、荒い呼吸を繰り返していた。

高志は恵理子の手を握ってペニスに導くと、彼女もやんわり包み込んでニギニギと動かしてくれた。

「まだいってないんですね……」

「うん、あんまり早く済んだのでいきそびれたんだよ」

高志は仰向けになって答えながら、徐々に彼女の顔を股間へと押しやった。

すると恵理子も荒い呼吸のまま素直に移動し、彼の股間に顔を寄せてきた。

まだ生温かな愛液にまみれている亀頭にしゃぶり付き、舌を蠢かせながらスッポリと喉の奥まで呑み込んでくれた。

幹を締め付けて吸い、熱い息を股間に籠もらせながら、口の中でクチュクチュと舌をからめはじめると、

「ああ、気持ちいい……」

高志は喘ぎ、ズンズンと股間を突き上げはじめた。恵理子も合わせて顔を上下させ、濡れた口でスポスポとリズミカルに摩擦してくれた。

「いきそう、跨いで入れて……」

言うと恵理子もスポンと口を離して顔を上げ、そのまま前進して跨がってくれた。

果てたばかりだが、もうアヌスローターはないし、高志にも気持ち良くなってもらいたいらしく、すぐにも先端に割れ目を押し付けてきた。

息を詰め、ゆっくり腰を沈めていくと、勃起したペニスが再びヌルヌルッと滑らかに膣口に没していった。

「アアッ……！」

恵理子が快感を甦らせて喘ぎ、ピッタリと股間を密着させた。

やはり高志も彼女も、ローターの刺激は新鮮だったが、余計なものを使わず一つになる方が良いと実感していた。

高志は股間にメガネ美女の重みと温もりを感じ、両手を回して抱き寄せた。

恵理子が身を重ねてくると彼はしがみつき、両膝を立てて弾む尻を支えた。

胸に乳房が押し付けられ、ズンズンと股間を突き上げると、

「アア、いい気持ち……」

恵理子が喘ぎ、貪欲に快感を貪りはじめ、新たな愛液を漏らしてきた。

彼は下から唇を重ね、生温かな唾液に濡れて滑らかに蠢く舌を味わい、さらに恵理子の喘ぐ口に鼻を押し込み、熱く湿り気ある花粉臭の吐息でうっとりと鼻腔を満たした。

「しゃぶって……」

囁くと恵理子もかぐわしい息を弾ませながら、まるでフェラチオでもするように彼の鼻の頭に舌を這わせ、鼻の穴も舌先でくすぐってきた。

「い、いく、気持ちいい……！」

たちまち高志は、美女の唾液のヌメリと吐息の匂い、肉襞の摩擦と締め付けに包まれて口走った。

同時に大きな絶頂の快感に全身を貫かれ、熱い大量のザーメンをドクンドクンと勢いよく柔肉の奥にほとばしらせた。

「あ、熱いわ、またいく……！」

噴出を感じると恵理子が声を上ずらせ、再びガクガクと痙攣を開始した。

高志は収縮と摩擦の中で心ゆくまで快感を嚙み締めながら、最後の一滴まで出し尽くしていった。

すっかり満足しながら徐々に突き上げを弱めていくと、

「アア……」

恵理子も精根尽き果てたようにか細い声を洩らし、硬直を解いてグッタリともたれかかってきた。

まだ名残惜しげな収縮が続き、刺激された幹がヒクヒクと膣内で過敏に跳ね上がった。

「く……」

恵理子も敏感になっているように呻き、キュッときつく締め上げて幹の震えを押さえつけた。

高志は美女の重みと温もりを受け止め、花粉臭の吐息を間近に嗅いで鼻腔を湿らせながら、うっとりと快感の余韻に浸り込んでいったのだった。

重なったまま恵理子も荒い息遣いを整えていたが、やがて身を起こし、そろそろと股間を引き離していった。

「済みません、今日は忙しくて、お昼前に社に戻らないとならないんです……」

「いいよ、じゃシャワー浴びておいで」

恵理子が済まなそうに言い、彼も答えた。一緒にシャワーを浴びると、また回復してしまいそうなので、もう帰るのなら彼もこのまま寝ていようと思った。

恵理子が脱いだものを持ってバスルームへ行くと、高志は呼吸を整えてから身を起こし、股間をティッシュで拭いて身繕いをした。

今日は恵理子が持って来たゲラチェックをするだけである。

着替えた彼女が、化粧と髪を整えて戻ってくると、そのまま座らずに玄関へ行った。

「じゃ、これで失礼します」

「ああ、すぐゲラにかかるよ。今度来るときは、もっとゆっくり時間を作っておいて」

「分かりました。では」

恵理子は辞儀をして出て行った。

これが、彼女との長い別れになろうとは、高志は夢にも思わなかった。

いや、恵理子ばかりではない、佳代子も沙也香も正恵も奈美子も、そして喜世美との別れも迫っているのだった。

3

（あとは、喜世美のことだけが気がかりなんだが……）

昼飯を終えた高志は、ゲラチェックにかかっていたが、ふと一段落したところで顔を上げて思った。

（よし、大王に訊いてみるか）

彼は赤ペンを置いて立ち上がり、縁側からサンダルを突っかけて庭に出た。そして裏の古井戸に行き、すっかり慣れた足取りで梯子を降りていった。

淫魔大王の力を宿しているから、夜目が利いて底へ降りてもよく見える。

横穴に入り、奥へ奥へと進んでいくと、黄泉の国は静かで、いつもは群がってくるヨモツシコメたちの姿もなかった。

このままでは地獄まで達してしまう。

と、そのとき淡いレモン色の衣の少女が姿を現した。

その顔を見て、高志は目を丸くした。

「き、喜世美じゃないか。久しぶりだが、どうしていたんだ」

「お話があるの」

久々に会う喜世美が、いつもの可憐な顔で神妙に言うので、高志も大王に会うのを後回しにし、傍らの岩に腰掛けた。

「うん、何だい？」

「私と一緒に行って欲しいところがあるのだけど……」

「ああ、いいよ。どこでも行くからね」

彼が答えると、喜世美は微かな笑みを浮かべ、満足げに頷いた。

「それで、どこへ行けばいいの」

「四十年前の世界へ」

「え？　それは、どういうこと……」

高志が訊くと、喜世美は俯《うつむ》いて答えた。

「実は私、二十歳で死んだ清美なんです」

「うん？　何を言ってるの」

彼は、目の前にいるのが、どちらのキヨミなのか混乱した。

「死んで黄泉の国へ来たけれど、私は転生を望まず、何十年かかっても高志さんが来るのを待とうと決めたんです」

「ほ、本当なのか、それは……」

高志は声を震わせた。この喜世美が、実は清美だったとしたら、彼が清美の身内である佳代子や沙也香を抱いたとき不機嫌になっていたのも頷けた。

確かに、名前の音も同じだし、顔立ちも似ている。黄泉の国で二十年ばかり過ごしていれば、歳は取らなくても顔形に少々の変化はあったことだろう。

「それなのに、あなたは生きたまま黄泉の国へ来て私と再会してしまった。私は喜世美として接していたけれど、どうにも元の清美としてあなたに会いたくて、それで大王にお願いを」

喜世美、いや清美が言う。

「それで、四十年前に？」

「ええ、黄泉の国は人の世界の十倍は時間が多いので、もう充分に務めたから、大王も願いを叶えようと言って下さったんです」

「では、当時の生きた君に再会できるのか」

「ええ、私も病気で死なない人生が歩めるんです。あなたも若返ってしまうけど」

「それは嬉しいけど、僕の記憶は」

「高志さんは今のままです。ただ私は、清美に戻るので、喜世美だった黄泉の国のことは忘れてしまいますけれど」

「そうか……、分かった。僕も病気で死なない清美に再会して、正式に結婚して大切にしたい」

言うと、彼女は笑みを浮かべながら涙を滲ませ、小さく頷いた。

と、そこへ淫魔大王が作務衣姿で出てきたのだ。

「どうだ、話は済んだか」

「はい、一緒に四十年前に戻ります」

「そうか、お前もそれでいいんだな？」

大王が高志に言った。

「はい、構いません。いや、むしろ願ってもないことです」

「うん、お前の記憶はそのままだし、過去へ戻っても、日に三人の地獄行きは続行してもらうぞ。未来は変えたって構わん」

「はあ、他の女性たちに会えなくなるのは寂しいですが」

「四十年待てば良い。いずれ会える。それに今の記憶と知識を持っているのだから、二十代で難なく作家デビューも出来るだろう」

「何だか楽しみになってきました。未来のことも分かるのだから」

高志が言うと、大王は手を振って地獄へと帰っていった。

「わしはいつでも姿を現す。用があれば井戸へ来い」

大王はそう言って姿を消した。

「では、井戸を上がって下さい。そこはもう四十年前です」

「君は？」

「私は、あの頃あった四谷の実家へ行きます。そのときは、もうヨモツシコメではないので、ごく普通の女の子として接して下さい」

「待って、その前に、最後にヨモツシコメの君の匂いを」

高志は急激に欲情し、暗い中で服を脱ぎ去り、喜世美の衣も脱がせて唇を重ねた。

舌をからめると、生温かな唾液に濡れた舌が滑らかに蠢き、熱く甘酸っぱい濃厚な吐息が鼻腔を刺激してきた。

唾液と吐息に酔いしれながら割れ目を探ると、次第にヌラヌラと愛液が溢れ、指の動きが滑らかになっていった。

「ああ……」

喜世美が唇を離して熱く喘ぎ、彼女も指で勃起したペニスを探ってきた。

やはりヨモツシコメとしての、最後の交わりを意識しているのだろう。

喜世美はしゃがみ込み、彼の股間に屈み込むと先端を舐め回し、張り詰めた亀頭を念入りにしゃぶってくれた。

充分に唾液にまみれると口を離したので、彼は喜世美を仰向けにさせ、屈み込んで足指の股を嗅いだ。

清美は、これほど濃厚な匂いはさせていないだろうから、喜世美の嗅ぎ納めである。

両の爪先をしゃぶってから股間に顔を埋め、恥毛に鼻を擦りつけ、やはり濃厚に蒸れた汗とオシッコの匂いを貪り、濡れた割れ目を舐め回した。

「アア……、すぐ来て……」

喜世美がクネクネと悶えながらせがむと、彼も身を起こして股間を進め、先端をあてがい、ゆっくりと膣口に挿入していった。

ヌルヌルッと滑らかに根元まで嵌め込んでいくと、

「アア……、いい……」

喜世美が顔を仰け反らせて喘ぎ、彼も股間を密着させて温もりと感触を味わった。

そして徐々に動きながら両の乳首を含んで舐め回し、腋の下にも鼻を埋め込んで濃厚な汗の匂いに噎せ返った。

「い、いく……!」

すぐにも喜世美が喘ぎ、収縮を活発にさせ、大量の愛液を漏らした。

高志も股間をぶつけるほど激しく腰を突き動かし、喜世美の熱く濃厚な吐息を嗅ぎながら、大きな絶頂の快感に貫かれてしまったのだった……。

4

「じゃ行くよ。ヨモツシコメの君とはお別れだが、四十年前に行ったらどこで会おうか」

井戸の底まで来て、高志は上がる前に喜世美に言った。

「いつもデートで待ち合わせた場所で」

「ああ、四谷見附橋か。分かった、そこへ行くよ」

高志が頷いて言うと、喜世美が彼の袖を引っ張った。

「一つだけ約束して。他の女性とのことは目をつぶるので、いずれ会う私の母や姉には手を出さないで」

「ああ、分かった。淫魔や鬼畜じゃあるまいし、決して君の身内には手を出さないよ」

彼は答えたが、釘《くぎ》を刺されなければ手を出していたことだろう。そして、それだけは自戒しようと思った。

やがて喜世美が手を離して頷いたので、高志はもう一度彼女の顔を見てから梯子を上がっていった。

明るい外へ這い出すと、陽射しが眩《まぶ》しかった。そして雰囲気の違う庭へ出ると、若い父親が庭いじりをしていた。さらに縁側から、若い母も出てきた。

「まあ、高志、何をしてるの。まさか空井戸の底へ降りようなんてしていたんじゃないでしょうね」

「そうだぞ。もう三年生なんだ、就職の心配をしろ。ちゃんと卒業できるんだろうな」

母と父が口うるさく言い、高志は懐かしさでいっぱいになった。まだ両親とも、五十前だろう。

ふと自分を見ると、当時の洋服を着ていて、もちろんポケットにスマホはない。

「え、ええ、大丈夫。じゃ僕は部屋で勉強するので」

高志は若い声で答え、縁側から家へと入った。居間にあった新聞を見ると、昭和五十六年初夏。高志は、間もなく二十一歳になろうとしていた。

会社員の父が在宅しているのだから、今日は日曜日。

洗面所で鏡を見ると、確かに若い自分だ。

腹も出ていないし頭髪も充分、何より体が軽かった。

そして未来では多くの女性を知ったが、今の肉体では素人童貞である。

(戻ったんだ。四十年前に……!)

彼は感慨に耽《ふけ》って思った。

この世界には、沙也香も恵理子もいないし、美熟女だった佳代子さえ、まだ生まれていないのだ。

その代わり、生きた清美に会える。

高志は若返った歓《よろこ》びよりも、早く清美に会いたかった。

その前に、自室に入って雑誌や日記帳をざっと見て、今がどういう時代かおさ昭和五十六年、総理大臣は鈴木善幸《ぜんこう》、漫才ブームにノーパン喫茶、ベストセラーは『窓ぎわのトットちゃん』、ヒット曲は『ルビーの指環《ゆびわ》』、まあまあ景気も悪い方ではないし、令和の時代よりも人々は本を買って読んでいるだろう。

高志は、ゲラチェックをしたばかりの時代長編を書いて、すぐにも出版社に持ち込もうと思った。もっともキイボードではなく、原稿用紙に手書きとなるが。

未来では、急に高志が姿を消したので、担当の恵理子は困るかも知れないが、考えてみればこの時点では、まだ未来は存在していないのである。

とにかく出かけることにした。財布を見ると、伊藤博文の千円札が三枚と、あとは小銭で、まだ五百円玉はない。

いま午後二時。

「ちょっと図書館に行ってくるね」

高志は両親に言って家を出た。そして中央線に乗り、四谷まで行った。

四谷見附橋に向かうと、途中に三人の頭の悪そうな中学生がたむろしていた。

そう、この頃は校内暴力が出始めの頃である。十代半ばぐらいだが、みな荒《すさ》んだ顔つきでしゃがみ込み、タバコを吸っていた。

「おい、通行の邪魔だ」

高志が言うと、

「なにい、この野郎！」

三人が一斉に立ち上がり、彼に殴りかかろうとしてきた。

「みんな地獄へ堕ちろ」

高志が言うなり、三人はビクリと硬直して青ざめると、当時は常設してあった駅前の灰皿で吸い殻を消し、足早にどこかへ立ち去っていった。

と、そこへ淫魔大王が姿を現した。この時代に黒い作務衣に丸メガネだから、人は坊さんと思うかも知れない。

「おお、さすがに若いな。今の三人は、未来もずっと悪事を働く奴らだ。間もなく仲間割れで三人ともくたばる」

大王が高志を見て言った。

「そうですか、未来の罪業までプラスして地獄で反省させるといいですよ」

「ああ、そうする。おや、清美が来たぞ。ではわしは戻る」

大王が言って去ると、高志もこちらへやってくる清美の姿を懐かしく見た。

彼女も気づき、小走りに近寄ってきた。

「やあ、お久しぶり」

「おととい大学で会ったばかりでしょう」

彼が涙ぐむ思いで言うと、清美が透き通った笑顔で答えた。

少々戯れたことはあるが、まだ処女。そして発症の様子もなく顔色は良い。

そう、この世では清美は病気にならず、天寿を全うするのである。

ただ、ヨモツシコメである喜世美の記憶はなく、清美は単に日常を送っている十八歳の大学一年生だ。

「今お坊さんと話していなかった？」

「ああ、坊主をしている遠縁の小父《おじ》さんでね、また何度か会うと思う」

「そう」

「じゃお茶でも飲もうか」

高志は、懐かしい清美と差し向かいで色々話したかったが、

「うちへ来て。誰もいないの」

清美が言い、高志も一緒に歩きはじめた。

高志は、まだ清美の家へ行ったことはないから、少しずつ未来が変わりつつあるのかも知れない。

(それにしても可愛い。処女のまま逝ったのは実に惜しかった……)

高志は、歩きながら清美の横顔を見て感激と興奮に包まれた。

セミロングの黒髪と、膨らみかけた胸、尻も娘らしい肉づきを持ちはじめ、化粧などしていないだろうに甘い匂いが感じられた。

十分余り歩くと、三栄町の外れに彼女の家があった。割りに大きな家で、ここに清美は両親と姉の四人で暮らしている。

姉というのは佳代子の母親で、清美や両親が死んだあとは長野へ越すことになるのだ。

しかし今日はみんな出払っているらしく、清美が鍵を出してドアを開け、高志を招き入れた。

すぐ彼女の部屋に案内されると、窓際にベッド、手前に勉強机と本棚があるだけ、あとは作り付けのクローゼットだ。

そして室内には、生ぬるい思春期の体臭が立ち籠めていた。

5

高志は我慢できなくなり、ベッドへ誘って顔を寄せると、清美も拒まずに身を預け、目を閉じた。

やはり四十年前の若い肉体に戻ると、性欲も旺盛で股間は痛いほど突っ張っていた。

しかも相手は単なる性欲の対象ではなく、一生愛し抜こうと心に決めた唯一無二の恋人である。

唇を重ねると、柔らかなグミ感覚の弾力と唾液の湿り気が感じられ、彼女のか細い息が高志の鼻腔を湿らせてきた。

舌を挿し入れて滑らかな歯並びを左右にたどると、清美も歯を開いてチロチロと遊んでくれるように舌を蠢かせた。

生温かな唾液に濡れた滑らかな感触は、どこか喜世美を思い出させるが、やはり同じであって同じではないのだ。

「ね、少しだけいい？」

ここにいる美少女は、黄泉の国の闇も苦労も知らない完全無垢な娘なのである。

そして高志の方は、肉体は二十歳ばかりだが、その心根は清美よりずっと多くの知識と体験を持つ還暦なのである。

舌をからめながら、思わずブラウスの胸にタッチすると、

「あん……」

清美が声を洩らし、驚いたように唇を引き離した。

高志は、彼女の甘酸っぱい吐息を感じながら、どうにも止まらなくなってしまった。

「ね、最後までしたい。僕は間もなく作家デビューするから、学生結婚して大学の近くにアパート借りてもいいから」

欲望に突き動かされながら、まくし立てるように言うと、清美も熱っぽい眼差しで彼を見つめて答えた。

「いいわ。今までは結婚するまでダメって約束していたけど、明日何があるか分からないのだから、学生結婚の話は置いておいても、今日は好きにして」

「本当？　コンドーム持ってないけど」

「大丈夫。赤ちゃんのことは、神様が決めることだから」

清美が答え、高志は歓喜に舞い上がった。

やはり微妙に歴史が変わり、彼女の考えも変化しているようだ。

だからこそ清美は今日、彼を初めて家に招いたのだろう。

「じゃ脱ごうね」

彼は言い、気が急くように自分から脱ぎはじめていった。

すると清美もブラウスのボタンを外しはじめたので、手早く全裸になった彼は先にベッドに横になった。やはり枕には、清美の悩ましい体臭が沁み付き、その刺激が鼻腔から勃起したペニスに伝わってきた。

やがて清美も最後の一枚を脱ぎ去ると、羞じらいながら添い寝してきた。

今までも二人でたまに、挿入以外の愛撫はしていたが、何しろ高志にとっては四十年ぶりなので興奮は絶大だった。

清美を仰向けにさせ、のしかかって桜色の乳首にチュッと吸い付き、舌で転がしながら柔らかな膨らみに顔中を押し付けると、温もりや感触とともに甘ったるい汗の匂いが感じられた。

「アア……」

清美がビクリと肌を震わせ、熱く喘ぎはじめた。まだ性感というより、くすぐったい感覚の方が大きいようだ。

彼は両の乳首を交互に含んで舐め回し、充分に味わってから腋の下にも鼻を埋め込んでいった。

スベスベのそこは生ぬるく湿り、甘ったるい汗の匂いが濃厚に沁み付いていた。

胸を満たしてから白く滑らかな肌を舐め降り、愛らしい臍を探り、腰から脚を舐め降りていった。

足首まで下りて足裏に回り、踵から土踏まずを舐めながら指の間に鼻を押し付けると、やはり生ぬるい汗と脂の湿り気とともに、蒸れた匂いが悩ましく鼻腔を刺激してきた。

そして爪先にしゃぶり付き、桜色の爪を愛しげに舐め、全ての指の股に舌を割り込ませて味わった。

「あう、ダメ……」

清美がか細く言い、クネクネと腰をよじらせた。

高志は両足とも念入りにしゃぶり尽くすと、彼女を大股開きにさせて脚の内側を舐め上げていった。

白くムッチリした内腿をたどり、処女の股間に迫ると熱気が顔中を包み込んだ。

見ると、ぷっくりした丘に楚々とした恥毛が煙り、割れ目からはみ出した小振りの花びらが清らかな蜜に潤っていた。

指で陰唇を左右に広げると、無垢な膣口が花弁状の襞を入り組ませて息づいている。

ポツンとした小さな尿道口もはっきり確認でき、小粒のクリトリスも包皮の下からツンと顔を覗かせ、綺麗な真珠色の光沢を放っていた。

もう堪らずに顔を埋め込み、柔らかな若草に鼻を擦りつけ、隅々に蒸れて籠もる汗とオシッコの匂いを貪った。

そして舌を挿し入れ、淡い酸味のヌメリを掻き回し、膣口からクリトリスまで舐め上げていくと、

「アアッ……！」

清美が熱く喘ぎ、内腿でキュッときつく彼の顔を締め付けてきた。

高志は味と匂いを堪能し、さらに彼女の両脚を浮かせ、谷間にひっそり閉じられるピンクの蕾に鼻を埋め込んだ。

そこには蒸れた汗の匂いに混じり、ほのかなビネガー臭も感じられ、

（昭和だなあ……）

彼は、まだシャワー付きトイレもない時代の女の子の尻を嗅いで興奮を高めたのだった。

6

「く……、そこダメ……」

息づく蕾をチロチロと舐め回し、ヌルッと潜り込ませて滑らかな粘膜を探ると、清美が呻いて口走り、キュッと肛門で高志の舌を締め付けてきた。

高志は内部で舌を蠢かせ、粘膜の淡く甘苦い味覚を堪能してから、ようやく脚を下ろして再び割れ目に戻ると、愛液の量が格段に増していた。

ヌメリを掬い取り、突き立ったクリトリスに吸い付くと、

「も、もうダメ、変になりそう……」

清美が激しく悶えて言い、絶頂を迫らせて身を起こしてきた。

高志も股間から這い出して仰向けになり、清美の顔を股間へ押しやると、彼女も素直に顔を寄せてきてくれた。

彼女は粘液の滲む尿道口を厭わず舐め回し、張り詰めた亀頭をくわえて吸い付

いた。

さらにスッポリと深く呑み込んで股間に熱い息を籠もらせ、慈しむように滑らかに舌をからませてくれた。

「ああ、気持ちいい……」

高志は快感に喘ぎ、処女の口腔の温もりと感触に高まった。何しろ若い肉体だから、今まで以上に早くに絶頂が迫ってきた。

「い、いきそう。上から跨いで入れてみて」

彼が言うと、清美はチュパッと口を離して顔を上げた。

「私が上に？」

「その方が自由に動けるし、痛かったら止めていいからね」

言うと清美も、好奇心に突き動かされるように身を起こし、そろそろと彼の股間に跨がってきた。

唾液にまみれた先端に、濡れた割れ目を押し当て、自分で位置を定めると、意を決して息を詰めた。

そして清美がゆっくり腰を沈めてゆくと、張り詰めた亀頭が処女膜を丸く押し広げて潜り込み、きついながらも重みと潤いで、たちまち彼自身はヌルヌルッと滑らかに根元まで呑み込まれていった。

「あう……!」

清美が眉をひそめて呻き、顔を仰け反らせて完全に座り込んだ。

股間が密着し、まるで短い杭《くい》に真下から貫かれたように、身を反らせて硬直している。

高志も肉襞の摩擦と熱いほどの温もり、きつい締め付けとヌメリに包まれながら、とうとう清美と一つになれた感激と快感を嚙み締めた。

両手を伸ばして清美を抱き寄せ、膝を立てて尻を支えると、彼女も身を重ねて彼の胸に柔らかく張りのある乳房を押し付けてきた。

「痛くない?」

「ええ、大丈夫……」

訊くと清美が小さく答えた。

快感に我慢できず、様子を見ながらズンズンと小刻みに股間を突き上げはじめると、

「アアッ……!」

清美が熱く喘いだが、潤いですぐにも動きが滑らかになっていった。

高志は、いったん動くとあまりの快感に突き上げが止まらなくなり、摩擦と締め付けの中で急激に絶頂を迫らせた。

そして清美の顔を引き寄せ、喘ぐ口に鼻を押し付けて、かぐわしい濃厚な果実臭の吐息を嗅ぐと、もうひとたまりもなく昇り詰めてしまった。

この肉体で、初めて素人童貞を捨てたのである。

「く……！」

大きな絶頂の快感に包まれて呻き、彼はドクンドクンと勢いよく熱い大量のザーメンをほとばしらせた。

やはり快感も量も、還暦とは比べものにならないほどである。

「ああ、熱いわ……」

噴出を感じたように清美がいい、中に満ちるザーメンで動きがさらにヌラヌラと滑らかになった。

「ああ、気持ちいい……」

高志は口走りながら、心置きなく最後の一滴まで出し尽くしていった。

すっかり満足しながら突き上げを弱めていくと、彼女も破瓜の痛みが麻痺したように肌の強ばりを解き、いつしかグッタリともたれかかっていた。

やがて完全に動きを止めても、まだ膣内は異物を探るような収縮が繰り返され、刺激された幹がヒクヒクと過敏に震えた。

「ああ、動いているわ……」

清美が息を弾ませて言い、彼は甘酸っぱい吐息を間近に嗅ぎながら、うっとりと快感の余韻を味わったのだった。

重なったまま互いに呼吸を整え、

「痛かった？」

「少し……、でも大丈夫。これで大人になったのね……」

囁くと清美が答え、そろそろと股間を引き離してゴロリと横になった。

彼は入れ替わりに身を起こし、枕元にあったティッシュを手にし、急いでペニスを処理してから、処女を失ったばかりの割れ目を覗き込んだ。

痛々しくはみ出した陰唇を広げると、初体験をした膣口から僅かにザーメンが洩れ、うっすらと鮮血が混じっていたが、さして量は多くなく、すでに止まっているようだった。

高志はそっとティッシュを押し当てて、優しく拭ってやった。

「シャワーを浴びようか。立てる？」

「ええ……」

言い、フラつく清美を支え起こしてベッドを降りると、二人で全裸のまま部屋を出た。

初めて来た彼女の家の中を、全裸で歩き回るというのも妙な気分だった。

バスルームに入ると、中はタイル張りで、風呂釜もクランクをカチンと回して点火する懐かしいタイプだった。

清美がしゃがみ込んで点火してくれ、シャワーを出して湯が温まると、互いの股間を洗い流した。

そして湯に濡れた美少女の瑞々《みずみず》しい肌を見ているうち、すぐにも彼自身はムクムクと回復していった。

高志は床に腰を下ろし、目の前に清美を立たせ、片方の足を浮かせてバスタブのふちに乗せさせて、開いた股間に顔を埋め込んでいった。

「アア、恥ずかしいわ、こんな格好……」

清美がガクガクと膝を震わせて喘ぎ、フラつく身体を支えるように両手で彼の顔を抱え込んだ。

湯に濡れた恥毛に籠もっていた濃厚な匂いは薄れてしまったが、柔肉を舐めると新たな蜜が生ぬるく溢れてきて、ヌラヌラと舌の動きが滑らかになっていった。

7

「ね、オシッコしてみて」

高志が清美の腰を抱え、割れ目を舐めながら言うと、

「そ、そんなこと出来ないわ……」

彼女は驚いたように声を震わせ、文字通り尻込みした。

「ほんの少しでいいから」

高志は完全に勃起しながらせがみ、執拗に淡い酸味のヌメリを舐め取ってはクリトリスに吸い付いた。

「あう、そんなに吸うと、本当に出ちゃいそう……」

清美が声を上ずらせて言う。どうやら刺激で尿意が高まってきたのだろう。

なおも舌を這わせていると、奥の柔肉が迫り出すように盛り上がり、急に温もりと味わいが変化した。

「あう、出るわ、離れて……」

清美が切羽詰まった声を出した途端、熱い流れがチョロチョロとほとばしってきた。

高志はそれを舌に受けて味わい、うっとりと喉に流し込んだ。味も匂いも淡く上品で、抵抗なく飲み込むことが出来た。

「アア……」

清美が喘ぎながら、意思とは裏腹に、いったん放たれた流れは止めようもなく勢いを増してきた。

口から溢れた分が温かく胸から腹に伝い、勃起したペニスを心地よく浸してきた。

高志が味わっていると、間もなく流れが治まり、彼は残り香の中で余りの雫をすすり、割れ目内部を舐め回した。

「あう、もうダメ……」

清美が言ってビクリと股間を引き離し、立っていられずクタクタと椅子に座り込んだ。

彼はもう一度互いの全身をシャワーで洗い流すと、湯を止めて清美を抱き起こした。

脱衣所で互いの身体を拭き、また全裸のまま清美の部屋に戻ってベッドに横たわった。

「ね、また勃っちゃった」

甘えるように言って、強ばりを清美の肌に押し付けた。

「今日はもう堪忍、まだ何か入っているみたいな感じだから……」

「うん、じゃお口でして」

言って仰向けになると、清美も素直に移動し、大股開きになった彼の股間に腹這いになった。

「ここも舐めてね。いま綺麗に洗ったから」

高志は言って、自ら両脚を浮かせて抱え、彼女の鼻先に尻を突き出した。

すると清美も、自分がされたようにためらいなく尻の谷間にチロチロと舌を這わせてくれ、ヌルッと潜り込ませてきた。

「あう、気持ちいい……」

高志は申し訳ないような快感に呻き、美少女の舌をモグモグと肛門で味わった。

中で舌が蠢くと、勃起したペニスが内側から刺激されてヒクヒクと震えた。

清美も熱い鼻息で陰嚢をくすぐりながら舌を動かしていたが、彼が脚を下ろすと舌を引き離した。

「ここも舐めて」

陰嚢を指して言うと、喜代美は熱い息を股間に籠もらせながら舌を這わせ、二つの睾丸を念入りに転がし、生温かな唾液で袋全体をまみれさせてくれた。

せがむように幹を上下させると、清美も肉棒の裏側を舐め上げ、滑らかに先端までたどると、丸く開いた口にスッポリと喉の奥まで呑み込んでいった。

熱い鼻息が恥毛をそよがせ、幹を締め付けて吸い、口の中ではクチュクチュと舌がからみついた。

小刻みにズンズンと股間を突き上げると、

「ンン……」

喉の奥を突かれた清美が小さく呻き、あわせて顔を上下させ、スポスポとリズミカルな摩擦を繰り返してくれた。

「ああ、いきそう、飲んで……」

すっかり高まった高志が口走り、摩擦と吸引、舌の蠢きと温もりに包まれながら、たちまち二度目の絶頂を迎えてしまった。

「い、いく、気持ちいい……」

快感に全身を貫かれながら口走ると同時に、ありったけの熱いザーメンが勢いよくほとばしり、清美の喉の奥を直撃した。

「ク……」

噴出を受けた清美が声を洩らしたが、なおも強烈な愛撫は続行してくれた。

高志は、再会した恋人の口を汚す背徳感に身悶えながらも、溶けてしまいそうな快感を味わった。

そして心ゆくまで絶頂を味わい、最後の一滴まで出し尽くしていった。

「ああ……」

満足しながら硬直を解き、グッタリと四肢を投げ出すと、清美も愛撫を止めた。

そして彼女は、亀頭を含んだまま口に溜まったザーメンを、コクンと一息に飲み干してくれた。

「あう」

嚥下と同時に口腔がキュッと締まり、彼は駄目押しの快感に呻いた。

ようやく清美が口を離し、余りを絞るように指で幹をしごき、尿道口に脹らむ白濁の雫まで丁寧にペロペロと舐め取ってくれた。

そんな仕草は喜世美そっくりで、やはりどこか二人の重なった部分があるようだった。

「あうう、も、もういいよ、有難う……」

高志は過敏に反応して呻き、クネクネと降参するように腰をよじらせた。

清美もやっと舌を引っ込めたので、彼は抱き寄せて添い寝させ、甘えるように腕枕してもらった。

そして美少女の胸に抱かれ、温もりに包まれながら荒い呼吸を繰り返し、清美の吐息を嗅ぎながら、うっとりと快感の余韻に浸り込んでいった。

もちろん彼女の吐息にザーメンの生臭さは残っておらず、さっきと同じ甘酸っぱい可憐な匂いがしていた。

「とうとうしちゃったわ……」

清美が、年下なのに、まるでお姉さんにでもなったように彼の髪を優しく撫でながら囁いた。

「うん……」

高志も感慨を込めて頷いた。

清美にしてみれば、毎日のように大学で会っている男と結ばれただけだが、高志からすれば四十年ぶりの再会なのである。

それは、処女喪失に匹敵するぐらい、いや、もっと大きな出来事であった。

（さあ、これから清美との未来を大切に生きていこう……）

高志は、呼吸を整えながら思った。

すると彼の頭の中に一瞬、あの井戸のある古い家で、還暦を過ぎても二人でひっそりと暮らしている自分たちの姿が浮かんだのだった……。

初出誌　「特選小説」二〇二〇年十一月号〜二〇二一年四月号

実業之日本社文庫　最新刊

赤川次郎
花嫁は迷路をめぐる
モデルとして活躍する姉の前に死んだはずの妹が現れた!?　それと同時に姉妹の故郷の村役場からは2000万円が盗まれ——。大人気シリーズ第32弾！
あ 1 21

安達 瑶
紳士と淑女の出張食堂
このご時世で開店休業状態の高級ケータリング料理店。どんな依頼にも応えるべく、出向いた先で毎度珍事件が——抱腹絶倒のグルメミステリー！
あ 8 7

井川香四郎
桃太郎姫　百万石の陰謀
讃岐綾歌藩の若君・桃太郎に岡惚れする大店の若旦那が、実は前加賀藩主の御落胤らしい。そのことを利用して加賀藩乗っ取りを謀る勢力に、若君が相対する！
い 10 8

江上 剛
銀行支店長、泣く
若手行員の死体が金庫で発見された。調査の中で、同行が手がける創薬ビジネスのキーマンである研究医との奇妙な関係が浮かび上がり——。傑作経済エンタメ！
え 1 4

今野 敏
処断　潜入捜査〈新装版〉
魚の密漁、野鳥の密猟、ランの密輸の裏には、姑息な経済ヤクザが——元刑事が拳ひとつで環境犯罪に立ち向かう熱きシリーズ第3弾！（解説・関口苑生）
こ 2 16

西條奈加
永田町小町バトル
待機児童、貧困、男女格差……ニッポンの現代社会に巣食う問題に体当たり。「キャバ嬢議員」小町の奮闘を描く、直木賞作家の衝撃作！（解説・斎藤美奈子）
さ 8 1

実業之日本社文庫　最新刊

櫻いいよ
きみに「ただいま」を言わせて
小学生の舞香は5年前に母親と死別し、母の親友とその夫に引き取られる。血の繋がらない三人家族、それぞれが抱える「秘密」の先に見つけた、本当の幸せとは!?
さ91

櫻井千姫
16歳の遺書
私の居場所はどこにもない。生きる意味もない──。辛い過去により苦悶の日々を送る女子高生・絆。だが、ある出会いが彼女を変えていく…。命の感動物語。
さ101

辻堂ゆめ
初恋部　恋はできぬが謎を解く
初めて恋をすることを目指して活動する初恋部の女子高生四人。ところが出会うのは運命の人ではなく校内で起こる奇妙な謎ばかりで……青春×本格ミステリ！
つ41

葉月奏太
寝取られた婚約者　復讐代行屋・矢島香澄
IT企業社長・羽田は罠にはめられ、彼女と会社を奪われる。香澄に依頼するも、暴力団組長ともうひとりの復讐代行屋が立ちはだかる。超官能サスペンス！
は611

睦月影郎
淫魔女メモリー
小説家の高志は、裏庭の井戸から漂う甘い香りに誘われて降りてみると、そこには地獄からの使者が!?　淫魔大王から力を与えられ、美女たち相手に大興奮！
む214

南 英男
偽装連鎖　警視庁極秘指令
元IT社長が巣鴨の路上で殺された事件で、タレントの恋人に預けていた隠し金五億円が消えていたことが判明。社長を殺し、金を奪ったのは一体誰なのか!?
み719

実業之日本社文庫　好評既刊

睦月影郎
淫ら上司　スポーツクラブは汗まみれ
超官能シリーズ第1弾！　断トツ人気作家が描く爽快エロス。スポーツジムの更衣室やプールで、上司や人妻など美女たちと……。
む2 1

睦月影郎
姫の秘めごと
山で孤独に暮らす十郎。彼のもとへ天から姫君が降ってきた！　やがて十郎は姫や周辺の美女たちと……。名匠が情感たっぷりに描く時代官能の傑作！
む2 2

睦月影郎
淫ら病棟
メガネ女医、可憐ナース、熟女看護師長、同級生の母、若妻などと検診台や秘密の病室で……。病院官能小説の名作が誕生！（解説・草凪 優）
む2 3

睦月影郎
時を駆ける処女
過去も未来も、美女だらけ！　江戸の武家娘、幕末の後家、明治の令嬢、戦時中の女学生と、濃密なめくるめく時間を……。渾身の著書500冊突破記念作品。
む2 4

睦月影郎
淫ら歯医者
新規開業した女性患者専用クリニックには、なぜか美女が集まる。可憐な歯科衛生士、巨乳の未亡人、アイドル美少女まで。著者初の歯医者官能、書き下ろし!!
む2 5

睦月影郎
性春時代
目覚めると、六十歳の男は二十代の頃の自分に戻っていた。アパート隣室の微熱OL、初体験を果たせなかった恋人と……。心と身体がキュンとなる青春官能！
む2 6

睦月影郎
ママは元アイドル
幼顔で巨乳、元歌手の相原奈緒子は永遠のアイドルだ。大学職員の僕は、35歳の素人童貞。ある日突然、美少女が僕の部屋にやって来て…。新感覚アイドル官能！
む2 7

実業之日本社文庫　好評既刊

睦月影郎
性春時代　昭和最後の楽園
40代後半の春夫が目を覚ますと昭和63年（1988）に逆戻り。完全無垢な童貞君は、高校3年時の処女だった妻や、新任美人教師らと…。青春官能の新定番！
む2 8

睦月影郎
湘南の妻たちへ
最後の夏休みは美しすぎる人妻と！　純粋無垢な童貞君が、湘南の豪邸でバイトをすることに。そこにはセレブな人妻たちとの夢のような日々が待っていた。
む2 9

睦月影郎
快楽デパート
デパートに勤める定年間近の次郎は、はずみで占い師を抱き過去に戻ってしまう。そこには当時憧れていたデパガ達が待っていた！　傑作タイムスリップ官能！
む2 10

睦月影郎
美女アスリート淫ら合宿
童貞の藤夫は、女子大新体操部の合宿に雑用係として参加する。美熟女コーチ、4人の美女部員、賄い係の巨乳主婦との夢のような日々が待っていた！
む2 11

睦月影郎
昭和好色一代男　再び性春
昭和元年生まれの昭一郎は偶然幽体離脱し、魂が孫の若い肉体と入れ替わってしまう。久々の快感を得たいと町へ出ると、人妻や処女との出会いが待っていた！
む2 12

睦月影郎
みだら女剣士
女子大剣道部の合宿の手伝いをすることになった治郎。そこに幕末に死んだ女剣士の霊が現れ、次々と部員に取り憑き欲求を満たしていく。爽快スポーツ官能！
む2 13

実業之日本社文庫 む2 14

淫《いん》魔《ま》女《じょ》メモリー

2021年6月15日　初版第1刷発行

著　者　睦月影郎《むつきかげろう》

発行者　岩野裕一
発行所　株式会社実業之日本社
〒107-0062　東京都港区南青山5-4-30
CoSTUME NATIONAL Aoyama Complex 2F
電話［編集］03(6809)0473［販売］03(6809)0495
ホームページ　https://www.j-n.co.jp/
DTP　ラッシュ
印刷所　大日本印刷株式会社
製本所　大日本印刷株式会社

フォーマットデザイン　鈴木正道(Suzuki Design)

＊本書の一部あるいは全部を無断で複写・複製（コピー、スキャン、デジタル化等）・転載することは、法律で認められた場合を除き、禁じられています。
また、購入者以外の第三者による本書のいかなる電子複製も一切認められておりません。
＊落丁・乱丁（ページ順序の間違いや抜け落ち）の場合は、ご面倒でも購入された書店名を明記して、小社販売部あてにお送りください。送料小社負担でお取り替えいたします。
ただし、古書店等で購入したものについてはお取り替えできません。
＊定価はカバーに表示してあります。
＊小社のプライバシーポリシー（個人情報の取り扱い）は上記ホームページをご覧ください。

©Kagero Mutsuki 2021　Printed in Japan
ISBN978-4-408-55671-0（第二文芸）